Riqueza y poder
Carol Marinelli

Bianca™

HARLEQUIN™

Editado por HARLEQUIN IBÉRICA, S.A.
Núñez de Balboa, 56
28001 Madrid

I.S.B.N.: 978-84-671-6329-2
Depósito legal: B-25726-2008
Editor responsable: Luis Pugni
Preimpresión y fotomecánica: M.T. Color & Diseño, S.L.
C/. Colquide, 6 portal 2 - 3º H. 28230 Las Rozas (Madrid)
Impresión y encuadernación: LITOGRAFÍA ROSÉS, S.A.
C/. Energía, 11. 08850 Gavá (Barcelona)
Fecha impresion para Argentina: 5.1.09
Distribuidor exclusivo para España: LOGISTA
Distribuidor para México: CODIPLYRSA
Distribuidores para Argentina: interior, BERTRAN, S.A.C. Vélez
Sársfield, 1950. Cap. Fed./ Buenos Aires y Gran Buenos Aires,
VACCARO SÁNCHEZ y Cía, S.A.
Distribuidor para Chile: DISTRIBUIDORA ALFA, S.A.

Capítulo 1

TENÍAN que estar rompiendo, decidió Millie.

O, más bien, *él* estaba rompiendo con ella.

Con objeto de no aburrirse mientras servía a los clientes en el exclusivo restaurante de Melbourne en el que trabajaba, Millie Andrews inventaba una historia para cada una de las mesas que atendía.

Y ahora, cuando el reloj estaba a punto de dar la medianoche, sólo le quedaban tres.

Una era una cena de negocios más bien etílica. Afortunadamente, ahora que la barra estaba cerrada, los clientes empezaban a tranquilizarse un poco. La segunda mesa estaba ocupada por una pareja que parecía tener problemas. La mujer apenas había probado bocado y estaba claramente incómoda con su vestido de terciopelo exageradamente ajustado.

Millie decidió que seguramente acababa de tener un niño y le daba vergüenza salir con su guapísimo, pero pasivo-agresivo, marido.

–Sólo vas a tomar pescado a la plancha, ¿verdad, cariño?

Y luego estaba la pareja guapa. La que estaba rompiendo.

Rubia, esbelta, y casi temblando por los nervios,

una mujer impresionante imploraba que la escuchase, apretando su mano mientras su... Millie no podría decir si el hombre era su marido, su prometido... no, ninguna de las dos cosas. Su novio o quizá su amante miraba hacia otro lado, impasible.

–Por favor, si quisieras escucharme... escucharme de verdad.

Eran demasiado ricos como para preocuparse por la camarera, pero las orejas de Millie se volvieron elásticas al oír las súplicas de la belleza rubia, los ojos azules llenos de lágrimas.

–Antes de que digas que no, escucha lo que tengo que decir... por favor.

–Quizá tú deberías escucharme a mí –replicó él.

Tenía acento y su voz era ronca, profunda, divina. Pero como hasta entonces las únicas palabras que Millie le había oído pronunciar habían sido: «un filete poco hecho y una ensalada de tomate», por el momento no podría decir de dónde era.

–Llevo toda la noche diciéndote que no, pero tú insistes.

–¿Por qué crees que insisto, Levander?

Ruso, decidió Millie. Ni él ni la rubia habían probado la cena. De seguir el protocolo, debería preguntarles si todo estaba a su gusto, pero no quería interrumpir aquella tensa conversación y, como era su última noche en Melbourne, el protocolo se fue a la porra.

–Insistes porque esperas que cambie de opinión. ¿Cuántas veces tengo que decirte que eso no va a pasar?

Aunque la cocina ya había cerrado, Millie sintió

la tentación de ofrecerles la carta de postres. Preparada incluso a hacerlos ella misma si así podía seguir escuchando.

Estaba fascinada.

Fascinada.

Desde que entraron en el restaurante la habían dejado boquiabierta.

Por él.

Cuando había entrado en el restaurante, tan alto, tan serio, tan vagamente familiar con su elegante traje oscuro, todas las cabezas se habían girado hacia él. Ross, el gerente, los había llevado a una mesa al fondo del restaurante y luego le advirtió que los atendiera bien.

—Sé todo lo solícita que puedas, ¿de acuerdo?

La mujer era guapísima, sí; cualquier otra noche sería un sujeto fascinante para sus fantasías, pero se volvía insignificante al lado de aquel hombre tan...

Exquisito.

Como artista, a menudo le preguntaban de dónde salía su inspiración y allí estaba un fragmento de la respuesta.

La inspiración llegaba en los sitios y en los momentos más inesperados. Doce horas antes de irse de Australia, doce horas antes de volver a casa, en Londres, debería estar pensando en el millón de cosas que tenía que hacer. Debería estar haciendo listas y decidiendo si podía permitirse pasar una noche en Singapur. En lugar de eso, estaba consumida de curiosidad por aquel hombre fascinante. Su belleza la inspiraba.

Su estructura ósea era impecable y sus facciones, perfectas. Le habría encantado pintarlo. Tenía los pómulos altos, típicamente eslavos, la mandíbula cuadrada. Llevaba el pelo más largo de lo habitual, castaño oscuro y, fuera cual fuera la paleta que había usado su creador, la brocha había sido bañada dos veces en el mismo bote de pintura porque sus ojos eran castaños también, aunque más brillantes.

La mujer que iba con él era una belleza, seguramente una de las mujeres más guapas que había visto nunca, pero palidecía a su lado. Todo a su alrededor palidecía y a Millie le habría gustado capturar eso, convertirlo en el único foco de luz, como una muñeca rusa interminable. Él, la cosa más exquisita y el resto, la mujer, los clientes, los empleados, la calle, objetos medio borrosos haciéndose cada vez más pequeños hasta desaparecer.

–Eres un canalla –la mujer prácticamente escupió esas palabras. Pero él no reaccionó, ni siquiera se molestó en discutírselo.

–Debe ser hereditario.

–¿Entonces ya está? Después de todo lo que te he contado... te quedas ahí sin decir nada.

Él no contestó. Parecía tan aburrido que tuvo la audacia de bostezar.

–¿Ni siquiera vas a pensártelo?

De nuevo, el hombre no contestó. Airada, la rubia se levantó y salió del restaurante sin poder contener las lágrimas. Fuera lo que fuera para él, había dejado de serlo. Desde aquel momento era una ex.

–Está esperando que salga corriendo detrás de ella... –esos ojos marrones se clavaron en Millie, sus pestañas tan largas, la mirada tan intensa que, por un momento, el mundo pareció detenerse.

«Yo lo esperaría», pensó, atónita de que hablase con ella, de que no pareciera ni remotamente avergonzado por su actitud.

–Me quedaré aquí un rato más... espero que así entienda el mensaje y se vaya a casa.

–A lo mejor lo llama al móvil –se atrevió a decir Millie, poniéndose colorada. Porque no debía meterse en la conversación. Las órdenes del gerente eran muy claras: debía sonreír y hacer su trabajo sin abrir la boca.

Pero no podía hacerlo.

Los ojos del hombre la mantenían clavada al suelo y el impacto de verlo tan cerca, de charlar con él, era devastador. Y él debía saberlo porque en lugar de apartar la mirada, en lugar de hacer un gesto para que se retirase, respondió con una pregunta.

–¿Usted esperaría?

–Quizá... –empezó a decir Millie, intentando llevar aire a sus pulmones. Y no porque Ross, el gerente, estuviera observando la escena–. Una vez que me hubiera calmado... –no pudo terminar la frase porque en ese momento, y como había imaginado, sonó su móvil.

Pero en lugar de alejarse discretamente, en lugar de volver a la cocina para que él pudiese hablar, se quedó allí, observando, transfigurada, mientras él desconectaba tranquilamente el teléfono. Tenía los dedos largos, dedos de artista. Quizá era eso lo que la atraía de él, pensó.

–Gracias por la advertencia.

–De nada –murmuró Millie, colorada hasta la raíz del pelo.

–Otro, por favor –dijo él entonces, señalando su vaso de vodka.

Millie estuvo a punto de decir que no, que el bar estaba cerrado. Pero al ver a su jefe asentir frenéticamente con la cabeza, se limitó a sonreír mientras se acercaba a la barra.

–¿Se puede saber qué está pasando? –le preguntó Ross.

–¿A qué te refieres?

–No te hagas la tonta. ¿De qué estabas hablando con Levander?

–Nada, sólo estábamos charlando –Millie volvió a ponerse colorada y no sólo porque la hubiese pillado... hasta su nombre era sexy–. Tú mismo me dijiste que los atendiera bien. Habría sido una grosería marcharse sin decir nada.

Ross dejó escapar un suspiro.

–¿Quieres que le lleve yo la copa?

–No, no –contestó ella, mientras su jefe servía un vaso de vodka–. ¿Le llevamos el oporto a los de la mesa uno? Se van a enfadar si ven que servimos a otro cliente.

–La barra está cerrada –dijo Ross, poniendo el vaso de vodka en la bandeja–. Para todo el mundo menos para un Kolovsky.

–¿Kolovsky? –repitió ella, intentando recordar dónde había oído ese apellido.

–Es dinero ruso.

Millie se llevó una desilusión cuando dejó el vaso de vodka sobre la mesa y él no se molestó en mirarla, ni siquiera le dio las gracias. Nunca había tardado tanto en servir una copa ni en apartarse, esperando volver a ser el centro de su atención.

Pero no fue así.

–Puedes irte a casa, Millie –le dijo Ross cuando los hombres de negocios salieron por fin del restaurante. Pero las palabras que llevaba toda la noche deseando escuchar no le parecían tan agradables ahora. A pesar del cansancio, a pesar de las maletas vacías esperando que las llenara para ir al aeropuerto, de repente no le apetecía irse.

No podía dejar de mirar al extraño que, en aquel momento, tomaba un trago de vodka. Ross estaba haciendo lo mismo.

–Será mejor que me ponga a trabajar en la oficina... parece que va a quedarse aquí toda la noche.

Millie arrugó el ceño. Servir una copa más a un buen cliente no era nada raro, pero que Ross estuviera dispuesto a cerrar una o dos horas más tarde no tenía precedente.

–Da muy buenas propinas –le explicó luego, abriendo la carpeta de terciopelo negro que usaban para pasar la cuenta y sacando de ella una indecente cantidad de billetes–. Parece que, al final, vas a poder pasar por Singapur.

–¡Madre mía!

–Te lo mereces. Has sido una camarera estupenda. Toma, aquí está el sueldo de este mes y las propinas... y una carta de referencia. Si vuelves algún día a Melbourne, aquí siempre habrá un puesto de trabajo para ti.

Más que nada, Millie odiaba las despedidas. Ross nunca había sido exactamente un amigo, pero aun así sus ojos se llenaron de lágrimas. Quizá era la emoción, quizá saber que no volvería nunca. Su sueño de viajar a Australia para mostrar su obra había sido un fracaso pero, fuera cual fuera la razón, le devolvió el abrazo.

Sin aquel trabajo habría tenido que volver a Londres mucho antes.

Sin aquel trabajo siempre se preguntaría si habría podido conseguirlo.

Le gustase o no, al menos ahora tenía la respuesta.

Tenía un millón de cosas que hacer pero, en lugar de girar a la izquierda cuando salió del restaurante, Millie giró a la derecha, hacia la ruidosa calle Collins. Paseando con sus zapatos de tacón, a los que tenía que poner tapas, se dirigía a la galería de arte para echar un último vistazo a su obra.

Y entonces se fijó. Giró la cabeza tan abruptamente que estuvo a punto de sufrir un esguince cervical mientras ponía un nombre a un hermoso rostro.

La casa Kolovsky.

El frontal azul y las letras doradas eran conocidas en todo el mundo; pero tan ajenas a ella que hasta entonces no se había fijado. Incapaz de resistirse en aquel momento, miró el magnífico escaparate decorado con sedas, la marca de fábrica de Kolovsky, y ópalos tan grandes como huevos de avestruz. Parecían estar tirados de cualquier manera, pero el efecto era tan increíble que Millie no tenía duda de que cada joya había sido colocada con precisión militar.

La casa Kolovsky era conocida por sus colecciones de moda al igual que por las propias telas: ricas y pesadas sedas que, supuestamente, tenían el mismo efecto mágico que los ópalos. Capturaban la luz y, como decían los entendidos, cambiaban de color según el humor de la mujer que las llevase.

Millie había levantado una ceja, incrédula, cuando leyó un artículo sobre la casa Kolovsky en una revista, pero con la nariz prácticamente pegada al escaparate, admirando las fabulosas telas y la suntuosa atención al detalle, casi podía creerlo.

Lo que no podía creer era lo que había pasado hacía un rato: que ella hubiera coqueteado, o algo así, con nada más y nada menos que Levander Kolovsky.

Lo había visto antes, ahora lo recordaba. Levander Kolovsky era un notorio playboy, la joya de las revistas australianas, que fotografiaban todos sus movimientos.

Millie soltó una carcajada. Había estado tonteando con el mujeriego más famoso de Melbourne. Cuando se lo contase a Anton...

Apartándose del escaparate, Millie decidió echar un último vistazo. Le habría encantado envolverse en aquellas maravillosas sedas, pero nunca podría permitírselo, pensó, dirigiéndose a la galería. En aquel momento no podía permitirse prácticamente nada... que era como una torturada artista debía empezar, se dijo.

Pero eso, que solía animarla, no la animaba en absoluto en aquel momento; la realidad golpeándola cuando llegó frente a la galería.

Pronto dejaría de ser una artista en ciernes.

En lugar de eso, sería una profesora.

Viendo luz en el interior, Millie se apartó un poco para que Anton, el propietario, no la viera llorar mientras se despedía de sus sueños.

–¿Cuál es el tuyo?

Cuánto tiempo llevaba allí, Millie no tenía ni idea. Estaba tan perdida en sus pensamientos que no se había fijado en el hombre que acababa de aparecer a su lado.

Levander Kolovsky.

–Ése de ahí –contestó, señalando un óleo pequeño con mano temblorosa.

Era un campo de hierba y flores, cada brizna sonriendo, cada flor con una expresión diferente. Y, en medio, un niño de madera sin facciones... era su pieza favorita y evocaba tantos recuerdos que se le rompería el corazón si algún día se vendiese. Pero había esperado que fuera ese cuadro el que lanzase su carrera.

–¿Te habías drogado cuando pintaste ese cuadro?

–¡No! –Millie soltó una risita, no sólo por la pregunta sino por la pronunciación. Aunque hablaba su idioma perfectamente, tenía un fuerte acento. Quizá era por eso por lo que un comentario tan ofensivo sonaba simpático.

Levander Kolovsky estaba mirando fijamente el cuadro. Para un artista eso era un cumplido, alguien intentando entender su trabajo en lugar de mirarlo rápidamente y pasar a otro.

–Mi hermano es autista –explicó Millie por fin–. Cuando era pequeña, el médico me explicó que ésa era la razón por la que no me abrazaba ni mostraba afecto. Así era como mi hermano veía el mundo. Las nubes, los árboles, la hierba y los animales eran para él tan importantes como cualquiera de nosotros... para mi hermano, los objetos inanimados son las personas. Ésa soy yo –dijo, señalando una mancha marrón en medio de la tela.

Él no contestó enseguida. Estaba mirando, mirando de verdad el cuadro.

–Una vez conocí a un niño... gritaba como un loco cuando tenía que irse a la cama –Levander Kolovsky se volvió, mirándola con sus ojos almendrados–. Se mostraba aterrorizado. ¿Tú crees que la cama era real para él? Quizá pensaba que iba a hacerle daño...

Millie se preguntó a quién se referiría. Pero eso no importaba. Lo importante era que su trabajo hubiera provocado tal pensamiento, tal recuerdo, tal pregunta.

–No lo sé, pero supongo que es posible.

–¿Y puedo preguntar el nombre de la artista?

–Millie Andrews.

–¿Y tu acento... Inglaterra?

–Londres, sí.

–¿Estás de vacaciones?

–Bueno, de vacaciones trabajando –sonrió Millie–. Vuelvo a casa mañana.

–Ah, qué pena.

Muchos hombres habían intentado coquetear con ella, pero nunca de forma tan descarada y nunca alguien tan divino.

–¿Millie? –repitió Levander–. No me suena el nombre. ¿Es el diminutivo de algo?

–¿Tenemos que hablar de eso? –suspiró ella.

–¿Perdón?

–Mi nombre es Millicent. Mis padres debían...

Millie no terminó la frase porque Anton estaba haciéndole señas desde el interior de la galería. Habría sido una grosería no contestar, de modo que, con desgana, se dio la vuelta para despedirse de Levander Kolovsky.

Pero, evidentemente, él tenía otras ideas. Porque, cuando la puerta de la galería se abrió, Levander le hizo un gesto y entró tras ella.

–¿Lista para volver a casa? –Anton, con su tono afeminado, la abrazó. Pero la soltó en cuanto vio a su acompañante–. Vaya, vaya, Millie. Y yo pensando que estabas trabajando esta noche.

–Pues... estaba trabajando. Anton, te presento a...

–Sé quién es –lo interrumpió el dueño de la galería–. Bienvenido, Levander... ¿puedo decirte que me encanta tu última colección?

–No es mi colección. Yo me encargo de la parte económica, no del diseño.

–Bueno, de todas maneras me encanta –insistió Anton. Pero Levander ya no estaba escuchando sino echando un vistazo por la galería.

–¿Lo conoces? –le preguntó Millie en voz baja.

–Todo el mundo conoce a los Kolovsky.

–¿Quiero decir si lo conoces personalmente?

–Ojalá –suspiró Anton–. La tienda está aquí al lado, pero los Kolovsky están a millones de kilómetros de distancia. Millie, ¿tú sabes con quién estás tratando? Son prácticamente la aristocracia en Australia. Y ese hombre es el primero en la línea de sucesión.

Levander volvió con ellos entonces.

–Estaba regañando a Millie por salir contigo mientras lleva el uniforme. Aunque quizá da igual... supongo que la habrás visto con otro atuendo.

–No, aún no –contestó él, desnudándola descaradamente con la mirada–. Pero estoy deseando.

–Pues no te emociones demasiado. Millie tiene una inmensa cantidad de camisetas manchadas de pintura, pero no mucho más.

–Veo que sólo tienes un cuadro suyo en el escaparate... mientras otros artistas tienen dos.

–Los otros artistas venden –suspiró Anton–. No voy a quitar tu obra de la galería, Millie, pero tengo que organizar una nueva exposición y tendré que apartarla...

–¿Tienes más obra suya? Me gustaría verla.

–Sí, claro –Anton señaló una pared al fondo de la galería.

–Pides muy poco dinero por tus cuadros, Millie.

–¿Qué?

–Parece como si estuvieras dando las gracias a la gente por mirar tu obra. Tienes que subir el precio.

–Era más alto –suspiró ella–. Y aun así no vendí nada.

–Ésta es una galería exclusiva, ¿no? –Levander esperó que Anton asintiera con la cabeza–. La gente no quiere basura en sus paredes y a este precio eso es lo que creen que están comprando.

–Pero es una artista desconocida –protestó Anton.

–Hoy es desconocida –insistió Levander, volviéndose hacia Millie–. Cambia el precio antes de irte. Cada cuadro debe costar lo que cuesta un billete de avión a Londres, el precio que pagas por compartir tu talento.

–No funcionará.

–No habrás perdido nada. Y deberías tener al menos dos cuadros en el escaparate.

–Levander... –empezó a decir Anton, coqueteando e intentando mostrarse firme a la vez–. Ese cuadro lleva tres meses a la vista de todo el mundo. No puedo...

–¿Cuándo es la exposición de la que hablabas antes? –lo interrumpió el ruso.

–El mes que viene.

–Mi madrastra comentó que quería otro cuadro para el escaparate de la tienda. Quizá debería sugerirle que viniese a verla.

–Ya le he enviado una invitación. Y, como siempre, ha declinado amablemente por carta.

–Nina no ha visto la invitación, seguro. La carta te la habrá enviado su ayudante –dijo Levander–. Pero si yo le digo que venga, vendrá. Y, posiblemente, mi padre también. Aunque no sé si yo podré.

Anton, sin poder contener los nervios, le pidió que eligiera otro cuadro para poner en el escaparate antes de que un ya aburrido Levander la tomase de la mano para salir de la galería.

–No tenías que hacer eso –dijo Millie.

–Nadie tiene que hacer nada –dijo él, encogiéndose de hombros–. Tu trabajo merece una oportunidad.

–Gracias –Millie no sabía qué más podía decirle–. ¿Tu madrastra vendrá a la exposición de verdad? Si ya ha dicho que no vendría... no quiero que Anton se lleve una desilusión. Ha sido muy generoso conmigo y...

–Vendrá –la interrumpió él–. No le hará gracia, pero le diré que yo he aceptado por ella y no tendrá más remedio que hacerlo.

–¿Perdona?

–Sería una grosería no venir cuando yo he aceptado una invitación... y la aparición de mi familia lo es todo en Melbourne.

–Bueno, pues gracias... no sabes lo que esto significa para mí.

–Sé lo importante que es una primera venta... y sí, podría haber comprado el cuadro yo mismo, dándole así relevancia a tu obra, pero eso sería hacer trampa, ¿no te parece?

En todos los sentidos, pensó Millie, sin dejar de mirarlo.

Bajo la luz de la farola su piel parecía aún más blanca, en contraste con sus ojos, oscuros e impenetrables.

–Venderás... algunas cosas preciosas no atrapan la atención en el primer momento –dijo Levander, su voz como una caricia–. A veces uno necesita detenerse y volver a mirar.

Y, desde luego, ahora estaba mirando. Su mirada era tan intensa, su rostro estaba tan cerca que Millie podía sentir el calor de su aliento en la cara. Por un segundo, pensó que iba a besarla, pero...

–Entonces, ¿te vas mañana?

–Por la mañana.

–¿Y lo has pasado bien en Melbourne?

–En realidad, no he visto mucho. He visitado algunas galerías, he ido al teatro un par de veces... pero sobre todo he estado trabajando.

–Entonces será mejor que nos pongamos en marcha. Ven –Levander señaló un coche de caballos del que estaban bajándose unos turistas al otro lado de la calle.

–¿Dónde vamos? Es muy tarde y tengo que tomar un avión por la mañana...

–Entonces puedes dormir en el avión.

Millie lo pensó un momento. Estaba jugando con fuego y lo sabía. No sólo por lo que había leído sobre él sino por lo que había visto en el restaurante.

«Eres un canalla», le había dicho la rubia.

El dolor en la voz de la mujer era real, profundo, la emoción ahogándola. Y la respuesta de Levander hizo poco por disipar la acusación.

¿Qué estaba haciendo con aquel hombre?

Sería una locura ir con él.

–No, en serio... no creo que sea buena idea. Tengo muchas cosas que hacer y tú...

–No te preocupes por mí.

–Pero acabas de romper con tu novia... supongo que estarás...

–No he roto con mi novia –la interrumpió él–. Annika es mi hermanastra.

–¿Era tu hermanastra con la que estabas discutiendo?

Levander asintió con la cabeza.

–¿Has oído la conversación?

–No, no... –Millie se puso colorada. Lo único que había oído era que lo llamaba canalla, pero no podía decírselo–. Sólo la vi salir del restaurante llorando.

–¿Eso es todo?

–Sí.

–Una pelea entre hermanos –dijo él. Su aliento se mezclaba con el suyo y su cínica boca estaba tan cerca que Millie casi podía tocarla.

–¿De verdad era tu hermanastra?

–¿A quién iba a dejar que me hablase de esa manera? –contestó Levander–. Espera aquí un momento.

¿Qué habría oído?

Levander estaba molesto, su mente eternamente vigilante dando vueltas, intentando recordar la conversación con Annika.

Al principio, mientras discutía con su hermanastra, no se había fijado en la camarera. Pero luego le llegó el aroma de su perfume y, cuando levantó la cabeza, vio a aquella chica que observaba la escena sin poder disimular un gesto de sorpresa... desde ese momento le agradeció la distracción, le dio las gracias a aquella mujer desconocida que había conseguido hacerlo pensar en otra cosa mientras Annika le daba la fatal noticia, mientras le hacía demandas que no pensaba cumplir.

Era mucho mejor mirar por encima del hombro de su hermanastra para encontrarse con los rizos rubios que intentaban salirse del moño cuando entraba y salía de la cocina. Levander había sentido un inesperado placer observándola mordisquear el lápiz mientras tomaba un pedido. Y más tarde, cuando Annika insistía en sus demandas, cuando ya no podía soportarlo y hacía lo posible por mostrarse tranquilo aunque estaba ardiendo por dentro, había sido un alivio que ella volviera a su mesa.

Su suave fragancia era tal contraste con el fuerte perfume de Kolovsky que usaba Annika... un delicado toque de vainilla y algo que no podía definir, como un soplo de aire fresco. Levander había tenido que apartar la mirada cuando se había inclinado para recoger una servilleta del suelo y se le había abierto la blusa, dejando al descubierto la pálida piel de su escote...

La deseaba.

Dándole al conductor del carruaje un puñado de billetes, Levander compró un poco de tiempo, pero sabía que eso no sería suficiente. Que si hacía un movimiento en falso ella saldría corriendo como una ardilla asustada.

Y, sin embargo, si era sexo lo que quería había maneras más fáciles de conseguirlo. Podía volver al hotel, devolver alguno de los mensajes que, sin duda, habría en su contestador y evadirse.

Y cuánto deseaba hacerlo.

Como un juez emitiendo un veredicto, recordó amargamente su conversación con Annika, las demandas familiares que habían sido transmitidas por el miembro más dulce, más frágil de la familia.

Su padre estaba muriéndose.

Lo cual, según la familia, significaba que Levander no podía marcharse... no podía darle la espalda a la gente que, aparentemente, le había dado todo lo que poseía.

Cinco años más de infierno era lo que exigían.

Levander tuvo que apretar los dientes, pero la sentencia no había terminado allí. Una esposa y un hijo habían sido añadidos a su sentencia.

Pero podían irse todos al infierno.

Él ya había cumplido su condena, había salvado la casa Kolovsky del suicidio financiero en cuanto se unió a la firma. Que ahora tuviesen la audacia de pensar que les debía algo lo sacaba de quicio.

Que ese canalla le exigiera algo después de todo lo que había hecho...

Pero no quería pensar en ello. Quería pensar en aquella chica, la de la boca bonita que tanto deseaba besar. Sentía el abrumador deseo de empujarla contra una pared, de acariciarla, de llevarla a su hotel y hacerle el amor...

Para refugiarse de sus salvajes pensamientos. Pero, extrañamente, no era lo único que quería de ella.

Por primera vez, Levander quería algo más que pasión de una mujer.

Quería su compañía.

Capítulo 2

FUE la primera cita más extraña de su vida. Pero una cosa era segura: era una cita.

Millie lo sabía por su forma de mirarla y porque ella no podía dejar de mirarlo a él. Lo sabía por las mariposas que sentía en el estómago y... por el romance que había en el aire.

Con cualquier otro hombre, un paseo en coche de caballos por Melbourne le habría parecido de mal gusto, pero con Levander no era así. El frío aire de la noche acariciando sus mejillas, el sonido de los cascos del caballo por las calles semidesiertas, el calor del cuerpo masculino a su lado... todo era asombroso.

Él iba señalando los edificios más importantes, desde el casino a la estación de la calle Flinders, el famoso edificio iluminado como si fuera una feria, o el distrito de los teatros y hoteles más exclusivos.

–Aquí es donde vivo.

Sintiendo el roce de la pierna masculina contra su muslo, Millie tuvo que hacer un esfuerzo para no bajar la mirada.

–Es un hotel.

–Ahí arriba, en la última planta.

–¿Vives ahí?

–¿Por qué no?

Levander la miró y ella olvidó la pregunta, segura de que iba a besarla. Casi lloró de frustración cuando el carruaje se detuvo abruptamente, lanzándolos a los dos hacia delante. Pero él sonrió mientras bajaba, una sonrisa que le dijo que habría tiempo para eso más tarde. Y cuando tomó su mano para ayudarla, el roce le confirmó lo que ambos sabían.

Habría un «más tarde».

–¿Te gusta bailar?

–No –contestó Millie, mientras bajaban unas angostas escaleras hasta lo que parecía un exclusivo club privado que no habría visto aunque hubiera pasado por delante.

Exclusivo porque sólo los más guapos y los más famosos parecían ir allí... rostros que reconocía de la televisión o las páginas de las revistas.

–¿Y a ti?

–A veces –Levander se encogió de hombros, empujándola entre la gente.

El lento ritmo de la música no estaba sincronizado con los rápidos latidos de su corazón mientras la llevaba hasta un sofá que hacía esquina. Como un confesionario erótico, el respaldo del sofá de terciopelo púrpura llegaba hasta el techo, apagando el ruido del bar y permitiendo entablar una conversación... mientras uno se inclinase hacia su pareja para hablar. Pero la mesa era tan estrecha que sus rodillas se rozaban... y era imposible mirar hacia otro sitio.

Levander pidió dos copas... ni siquiera le preguntó lo que quería, y un extraño cóctel apareció en la mesa. Un cóctel de sabor delicioso, pero que no podía compararse con la sensación que provocaba él.

—Relájate –dijo Levander, como si pudiera darle órdenes. Pero Millie no podía hacerlo.

Incluso allí, entre los más famosos y más ricos de Melbourne, Levander Kolovsky llamaba la atención. Como un pequeño tsunami, todas las cabezas se volvían hacia él y las conversaciones se detenían. Millie casi esperaba que las mascarillas de oxígeno cayeran del techo cuando todas las mujeres, sin excepción, metían tripa al mismo tiempo. Todos los ojos estaban clavados en Levander Kolovsky. Su cita de esa noche apenas merecía una mirada de paso.

Evidentemente, habría una nueva al día siguiente.

Evidentemente, todas las mujeres esperaban ser esa cita.

—Has venido aquí a vender tus cuadros, no de vacaciones, ¿es así?

—Ése era el plan –contestó Millie.

—¿Y por qué vuelves a Londres?

—Me di tres meses. Fue Anton quien sugirió que viniese a Melbourne...

—¿Conocías a Anton antes de venir?

—Lo conocí el año pasado, en Londres. Estaba terminando la carrera y él fue a la facultad a dar una charla sobre Arte.

—¿No es un artista?

–No, pero es muy conocido por encontrar nuevos talentos. Tuve suerte de que le gustara mi trabajo. Nos llevamos bien y me dijo que estaba interesado en mostrar mi obra aquí... así que aquí estoy. Al menos hasta mañana. No puedo quedarme más tiempo.

–Ya es mañana –dijo Levander–. ¿Y qué vas a hacer en Londres?

–Dar clases, supongo.

–Puedes hacer las dos cosas, ¿no? Que no puedas ganarte la vida como artista no significa que lo dejes del todo.

–Lo sé –suspiró Millie–. Pero es que...

No terminó la frase. Contar penas no era lo más indicado durante una primera cita, pero Levander insistió en que continuara y, como nada de aquella noche era normal, Millie decidió revelarle algo más sobre sí misma.

–Cuando trabajo... no sé. En fin, en teoría sería estupendo trabajar de lunes a viernes y dedicarme a pintar los fines de semana. Sé que eso es lo que hace mucha gente, pero...

–¿Pero qué?

–El cuadro que has visto esta noche... llevaba semanas en mi cabeza y, por fin, cuando estaba listo, cuando estaba dispuesta a poner mi visión en un lienzo... me encerré durante más de una semana. No creo que hubiera podido pintarlo a ratos, entre un trabajo y otro o en varios fines de semana. Sencillamente, no puedo hacerlo. Cuando pinto estoy totalmente concentrada, como si todo lo demás desapareciera por completo. Salvo ducharme y comer, lo único que hago es pintar. Aunque, en realidad –rió Millie– la nutrición y la higiene no son lo primero en mi agenda en esos momentos.

Si revelar aquello tampoco era lo más correcto, a Levander no pareció importarle. De hecho, se inclinó un poco más, tanto que podía sentir su aliento en la cara.

–¡Ahora sí que me estás excitando!

Atónita, Millie se preguntó si había oído bien. Pero cuando echó la cabeza hacia atrás para mirarlo, el brillo de sus ojos le dijo que había oído perfectamente.

–¿Vienes mucho por aquí? –le preguntó, desesperada por hablar de otra cosa y pensando si no le habría llegado la menopausia cuando, por enésima vez esa noche, sintió un sofoco. Debían haber apagado el aire acondicionado y si hubiera tenido un periódico a mano se habría abanicado con él.

–Ocasionalmente –contestó Levander, tan pálido, tan elegante, tan tranquilo que Millie estuvo a punto de protestar por la injusticia–. Pero no me gusta demasiado. Está lleno de gente que se cree interesantísima.

–Ah.

Aquel hombre la hipnotizaba, cada una de sus facciones cautivándola por completo. Cuánto tiempo estuvo mirándolo, no tenía ni idea, pero le pareció una eternidad. Otra conversación estaba teniendo lugar, sin palabras, y aunque Levander no dejó de mirarla ni un segundo, aunque sus manos estaban sobre la mesa, podría haber estado tocándola... porque su cuerpo parecía inclinarse hacia él. Sus pezones se endurecían bajo la blusa y sentía un cosquilleo en su interior. Sus braguitas se humedecían bajo la ardiente mirada masculina...

No podía moverse, ni siquiera se atrevía a pasarse la lengua por los labios, tan intensa era la excitación. Y Millie sabía que si no rompía el hechizo, si no conseguía hablar, se inclinaría hacia delante y lo besaría o lo tomaría de la mano para salir de allí...

–¿Cuánto tiempo llevas en Melbourne? –por fin consiguió que sus cuerdas vocales funcionasen.

–¿Eso importa?

–¿Te gusta tu trabajo?

–¿Esto es una entrevista? –Levander miraba su boca tan fijamente que Millie casi no podía hablar. ¿Qué quería de ella? Con una mirada la había convertido en una masa de carne trémula y, con un solo gesto, Millie lo sabía, lo seguiría a cualquier parte.

La excitaba y la asustaba al mismo tiempo. Muy cautelosa con los hombres, y con sus emociones, era como si de repente el libro de reglas por las que había vivido toda su vida hubiera caído a la bañera; las páginas mojadas e ilegibles, todas sus líneas morales indescifrables en presencia de Levander Kolovsky.

Deseaba que le hiciera el amor. Ahora, en aquel preciso instante. Deseaba que la sacara de aquel bar, que la llevase a cualquier parte y la hiciera suya... quería que fuese el primero.

No seguía siendo virgen por pudor o por modestia. El trabajo, los estudios, los problemas familiares... todo eso había impedido que tuviera una relación, que confiase en alguien lo suficiente como para entregarle esa parte de sí misma.

Pero se la entregaría a Levander.

En un segundo.

Y ese pensamiento la dejó estupefacta.

–Vine a Australia cuando era un adolescente –la voz masculina rompió su introspección y el hechizo sensual en el que estaba envuelta. Quizá él también lo había notado porque, de repente, la situación se volvió casi normal y tuvo que hacer un esfuerzo para recordar lo que le había preguntado–. Estudié Economía y Administración de Empresas... y aprendí el idioma, claro.

–¿No lo hablabas cuando llegaste aquí?

–No, ni una palabra.

–¿Tus hermanos hablan en ruso?

–Mis hermanastros –la corrigió él–. Y no, no hablan ruso. Pero el idioma no es la barrera más importante.

–¿Qué quieres decir?

–Tuvimos infancias diferentes –Levander hizo un gesto con la mano, como si quisiera cambiar de conversación. Pero aunque quisiera hacerlo, aunque se hubiera metido en territorio prohibido, Millie quería saber más.

–¿Y tu madre? ¿Sigue en Rusia?

–No, mi madre murió –su expresión no había cambiado, ni su voz, como si no mereciese la pena hablar de un detalle tan trivial–. Así que no tengo razones para volver. Como estaba diciendo, cuando terminé la carrera asumí el cargo de Director Financiero de la casa Kolovsky.

–Pues debe ser un trabajo estupendo. Todo el mundo conoce la firma.

–Tenemos tiendas por todo el mundo, sí. La de Melbourne se mantiene por razones sentimentales... aquí es donde vino mi padre cuando emigró de Rusia. La mayoría de las tiendas están en Europa y, por supuesto, en Estados Unidos, así que viajo mucho... lo cual está bien.

–Debe ser interesante.

–A veces –Levander se encogió de hombros–. Pero la gente de la industria de la moda deja mucho que desear. Es lo más narcisista del mundo. Todos dicen ser mis mejores amigos, pero no lo serían si no fuera el director financiero de la empresa.

–Ya, claro –asintió Millie.

Aunque lo dudaba. Desde que lo vio en el restaurante, sin saber quién era, se había quedado cautivada. Y estaba segura de que al resto del mundo le pasaba lo mismo.

–Desde el día que puse el pie en Australia he tenido montones de amigos... pero nadie quería saber nada de mí cuando era un chico de Detsky Dom.

–¿Detsky Dom? ¿Eres de allí?

Era una pregunta inocente y esperaba que él asintiera con la cabeza. Pero en lugar de eso se echó a reír. No sabía si era por su pronunciación o si estaba riéndose de una broma privada.

–Eso es, Millie. Soy de *Detsky Dom*. Ven –levantándose abruptamente, Levander le ofreció su mano–. Vamos a algún sitio donde podamos hablar de verdad.

Fue más fácil decirlo que hacerlo. Mientras la guiaba hasta la puerta, con la mano en su cintura, sus anchos hombros actuando como un ariete, lo llamaban de todas direcciones. Pero él no se dignaba a responder... incluso cuando una guapísima morena lo tomó por la manga de la chaqueta, se limitó a apartarse.

–Levander, por favor... –la mujer llegó a su lado cuando estaban a punto de salir–. No puedes irte así... anoche hicimos el amor. Háblame, dime algo.

Levander llevó a la chica a una esquina, dejando a Millie con el portero y las mejillas rojas de humillación. No por la manera en que trataba a las mujeres y no sólo porque, evidentemente, ella fuera la siguiente en una larga lista sino por el hecho de que no tuviese carácter suficiente para dejarlo plantado.

Como una película *gore* que uno miraba medio tapándose los ojos, era horrible ver a aquella chica tan guapa suplicándole otra oportunidad, prometiéndole cambiar... Pero lo peor fue la respuesta de Levander, no fría y distante como había esperado, sino compasiva, condescendiente, como si entendiera su problema. Le explicaba con paciencia por qué no le había devuelto las llamadas y reiteraba lo que era evidente: que habían roto.

Los ojos llorosos de la chica se clavaron en ella entonces y debió decirle algo porque Levander se apartó, tomando a Millie del brazo para llevarla a la calle.

–¡Levander! –insistió la morena–. Tenemos que hablar.

–¿Para qué? –replicó él, su acento ruso más pronunciado que nunca mientras empujaba a Millie hacia un taxi–. Estás tan borracha que mañana no recordarás lo que hemos hablado.

–Siento que hayas tenido que presenciar eso.

Estaban en la playa de St. Kilda, caminando por el paseo marítimo.

–Quizá es una suerte que lo haya presenciado –suspiró Millie. Los sollozos de esa chica eran un recordatorio de lo que podía pasarle a ella.

–Salimos durante unas semanas, pero teníamos problemas...

–Evidentemente, anoche no los teníais –lo interrumpió ella, irónica.

Levander tuvo la cara de reírse de su respuesta.

–No te rías –le ordenó, enfadada–. Eso es completamente intolerable.

Pero Levander era tan desvergonzadamente malvado, su comportamiento tan increíblemente reprensible que, de forma inexplicable, unos segundos después Millie también estaba riendo. Aquello era tan terrible que no podía hacer otra cosa. Era eso... o llorar.

–Yo no suelo tener problemas de ese... tipo. Pero Carla se equivocó al decir que anoche hicimos el amor.

–No necesito que me des detalles...

–De hecho, aunque anoche estuvimos juntos, te aseguro que Carla y yo no hicimos el amor.

–Por favor... –Millie cerró los ojos, avergonzada.

Allí estaba el hombre más guapo que había visto en toda su vida contándole que para él no era ningún problema separar el sexo del amor. Lo cual debería ser perfectamente lógico. Después de todo, en el club, sintiendo el roce de su pierna lo único que ella había deseado era acostarse con él. Y el amor no tenía nada que ver...

El amor no podía tener nada que ver cuando acababa de conocerlo.

Y, sin embargo...

Cuando abrió los ojos, Levander seguía estando allí, sus alientos mezclándose, la boca masculina a un centímetro de la suya. Le asustaba el efecto que ejercía en ella, pero cuando se apartó como un caballero lo lamentó.

Hablaron de cosas mundanas mientras se dirigían al muelle. Millie no sabía si había entendido mal el asunto y a él no le gustaba en absoluto, si estaba haciéndole un recorrido por Melbourne o si era un maestro de la seducción.

Pero cuando llegaron al muelle estaba temblando y sintió un escalofrío cuando la tomó del brazo. Ahora iba a besarla, pensó. Pero no fue así. Al contrario, la llevó a un café lleno de gente. Un café en el distrito rojo de Melbourne... un sitio extraño para una cita. Pero Levander, Millie se daba cuenta, parecía estar a gusto en cualquier sitio. Fuera un exclusivo club privado o un café de mala reputación en la playa.

El propietario lo saludó por su nombre mientras los llevaba hacia una mesa. Millie, incómoda entre todas aquellas agotadas trabajadoras del sexo, se preguntó por qué demonios la habría llevado allí. Cómo podía alguien relajarse en un sitio como aquél le resultaba incomprensible.

–El café que hacen aquí es estupendo –dijo Levander, a modo de explicación–. A veces vengo cuando no puedo dormir... no por otra razón. Me recuerda a mi casa. Había un café parecido al otro lado de la calle y a veces vengo aquí para ver amanecer. Es un buen sitio para pensar.

Millie lo miró, atónita.

–Pero...

–Son buena gente. Tienen que trabajar, como todos nosotros. No deberías juzgarlas.

–No estaba haciéndolo –replicó ella, indignada. Y luego se sintió culpable, porque eso era exactamente lo que hacía.

–A mí no me molesta nadie. La gente viene aquí para estar a solas y respetan mi silencio. Además, como te he dicho, el café es muy bueno.

–¿Y en qué piensas cuando vienes aquí?

–En este momento... en el trabajo.

–¿Porque tienes mucho?

–No, porque estoy pensando en marcharme.

–¿En serio? ¿Y qué diría tu familia?

–Aún no se lo he dicho –contestó Levander–. Y no es algo que me apetezca mucho, la verdad. Me dirán que tengo compromisos, que cuentan conmigo... no quieren perderme, claro. He salvado la empresa de la ruina y he ganado muchísimo dinero para ellos desde que empecé a trabajar en la firma.

–¿Cómo? ¿Cómo lo hiciste?

Él no contestó inmediatamente. No pretendía mantener en secreto que estaba preguntándose qué podía contarle y qué no. Pero después de lo que le pareció una eternidad asintió con la cabeza, invitándola a entrar en su círculo mágico... y Millie lo agradeció. Le gustaba que quisiera revelarle algo más sobre sí mismo.

–Eso es para otro momento –dijo, sin embargo.

–No habrá otro momento –replicó Millie, frustrada. Que el destino le hubiera ofrecido un encuentro con alguien tan atractivo precisamente la noche antes de su regreso a Londres era una broma cruel–. Vuelvo a casa mañana.

–¿No quieres quedarte?

Sí, deseaba quedarse. El reloj marcaba inexorablemente los minutos que les quedaban y temía el momento del amargo final. Pero no había alternativa.

–Todos tenemos compromisos. Incluso yo.

–Es una pena.

Levander la observó mientras se pasaba la lengua por los labios y Millie se preguntó si tendría lo que hacía falta para despertar su atención o si, después, Levander Kolovsky olvidaría por completo.

–¿Sabes una cosa? Para ser una industria que promete belleza, la moda puede ser muy fea –dijo él entonces–. Para ellos, tú no serías considerada una mujer hermosa.

Sólo alguien como Levander podría halagar a

una mujer mientras la insultaba, pensó Millie. Especialmente porque estaba acariciando su mejilla con un dedo, casi como si estuviera pintándola.

–El rostro sí, pero el cuerpo... eres demasiada mujer.

–¿Ésa es una manera de llamarme gorda? –intentó bromear Millie–. Sé que debería ir al gimnasio más a menudo, pero...

En realidad, no estaba gorda. Ni siquiera tenía un problema de sobrepeso, pero quizá comparada con las mujeres a las que él estaba acostumbrado...

De repente, dejó de pensar. Se quedó transfigurada mientras Levander desabrochaba el primer botón de su blusa. Nadie se volvió para mirar, ni a una sola persona en el café le importaba un bledo lo que estaban haciendo.

Podía sentir los ojos negros de Levander clavados en su escote. Si hubiera sido otra persona lo habría abofeteado sin dudarlo, pero no era otra persona... era Levander.

No lo entendía. No sabía si su intención era halagarla o insultarla. No sabía lo que podía necesitar de alguien como ella. Sabía lo que ella quería y sabía dónde podía llevarlos eso...

De repente, estalló una discusión en la barra, interrumpiendo aquel sensual momento. Un joven borracho fingía buscar un dinero que claramente no tenía para pagar un desayuno que ya se había tomado.

–Se me debe haber caído...

Millie contuvo el aliento cuando Levander se dirigió hacia la barra.

–Sí, se te ha caído –le dijo, sacando unos billetes de la cartera–. Lo encontré en la acera. Quizá debería dárselo a Jack...

El chico miró los billetes como si fueran un premio.

–Pero es mío...

–Ya, pero mañana tendrás hambre de nuevo. Es mejor que se lo quede Jack, ¿no te parece?

Y sin decir una palabra más volvió con Millie, que no sabía si sentirse emocionada por el gesto o furiosa porque se hubiera involucrado en algo que podía acabar siendo una pelea.

–Un sitio muy recomendable –dijo, irónica.

–¿Prefieres un hotel de cinco estrellas? ¿Prefieres hombres pomposos y whisky caro antes que a un chico que probablemente llevaba dos días sin comer?

–Podría haber tenido un cuchillo –replicó ella–. ¿Y qué pasará dentro de unos días? ¿Qué pasará cuando tú no estés aquí para echarle una mano?

–Durante los próximos días podrá comer al menos –dijo él, encogiéndose de hombros.

–Pero cuando se quede sin dinero estará igual que antes.

Levander no parecía interesado en su opinión. De hecho, no parecía interesado en ella porque, de repente, le dijo:

–Vámonos.

Sin decir una palabra, tomaron un taxi en la puerta. Levander miraba hacia delante como si ella no estuviese allí. Tan distraído, tan lejano.

Millie casi esperaba que la dejara en su casa sin

más, pero cuando se detuvieron en la entrada del fabuloso hotel donde vivía casi lloró de alivio. Él le ofreció su mano para salir del taxi y un portero uniformado les abrió la puerta amablemente.

Dentro del hotel había mucha actividad a pesar de la hora: varias chicas taconeando por el vestíbulo, un piloto tirando de su maleta de camino al aeropuerto... el mismo aeropuerto en el que debía estar ella en unas horas.

—Lo siento —se disculpó Levander—. Lo que ha pasado antes... en fin, es algo a lo que yo estoy acostumbrado. Sin embargo, a ti te ha disgustado y no era lo que pretendía.

—No, no, en realidad lo he pasado bien. De hecho, soy yo quien te debe una disculpa. Creo que exageré un poco...

—No, no es verdad. A veces olvido que no todo el mundo tiene... —Levander no terminó la frase.

—¿No tiene qué?

—No importa.

Millie estaba segura de que sí importaba, pero evidentemente él no quería seguir hablando del asunto.

—No puedo creer que vivas en este hotel.

—¿Por qué no? Varias de las suites son residencias permanentes.

—Pero supongo que tu familia tendrá casa en Melbourne.

Lo que había dicho era absurdo. Levander tenía treinta años, de modo que no viviría con su familia. Pero vivir en un hotel era algo tan frío, tan extraño.

–¿Te sientes como en casa aquí?

–¿Perdona? –preguntó él, como si no hubiera entendido la pregunta.

–Quiero saber si te sientes como en casa en este hotel.

–Supongo que sí. Aquí es donde vivo.

–No, quiero decir... –Millie decidió dejarlo. Levander no parecía entender de qué estaba hablando y la magia que había entre ellos se había evaporado. Al menos para él.

Su silencio en el taxi, su actitud distante en aquel momento, la tensa respuesta a sus preguntas, su aparente distracción, todo parecía indicar que así era.

Se había cansado de ella.

–Debería irme.

–Lo sé.

–Tengo muchas cosas que hacer –Millie no sabía qué decir o cómo hacer que terminase la noche más asombrosa de su vida.

Levander, evidentemente aburrido de su compañía, miraba por encima de su hombro mientras ella intentaba decirle adiós.

¿Se atrevería?

Era una extraña pregunta para él, para un hombre acostumbrado a usar a las mujeres. No era su técnica de seducción lo que lo hacía dudar... Levander sabía que ella estaba más que disponible. A pesar de la escenita en el club, había sentido que se relajaba mientras paseaban por la playa.

La escena del café era lo que lo había puesto nervioso. Por un momento se había olvidado de la discreción y no sólo cuando desabrochó su blusa... aquella chica lo tenía fascinado.

Le había hablado del negocio, de sus pensamientos. Y para él eso no tenía precedente. Él solía ser reservado, al menos en lo que concernía al negocio familiar. Y, sin embargo, quería contarle cosas, quería contestar a sus preguntas... quería saber cuál era su opinión, que bajase la guardia y riera con él otra vez.

Y si la besaba estaría perdido.

–Tengo que irme al aeropuerto en... –Millie no llevaba reloj y cuando miró el suyo Levander se relajó un poco.

Pronto se habría ido.

Curioso que ese pensamiento lo consolase.

Durante un par de horas podría abrazarla, concentrado sólo en la única cosa que hacía mejor que los negocios, pasar la noche con ella, callar las preguntas con sus labios.

Disfrutar sin consecuencias, sabiendo que al día siguiente se habría ido.

–... seis horas.

Levander era tan alto que tuvo que levantar la cabeza, pero el esfuerzo merecía la pena porque por fin estaba mirándola. Por fin Levander había vuelto. Y era tan exquisitamente bello que resultaba fácil mostrarse audaz, levantar una mano y tocar su cara... Sabía que iba a darle un beso de despedida, casi podía saborear ya sus labios. Y quería que pasara. Quería besarlo y decirle adiós. Separarse de aquel hombre que la tenía hechizada para volver a respirar, para seguir adelante con su vida después de aquella extraña pausa.

Pero nunca antes la habían besado así.

Su boca era increíblemente suave; para ser un hombre tan masculino, resultaba sorprendentemente tierno. Si un minuto antes había estado fijándose en los empleados del hotel, en los clientes, en las luces, todo eso dejó de tener importancia. Era como si la besaran por primera vez... en realidad, mejor que cuando la besaron por primera vez.

El roce de su lengua, la dura barbilla sin afeitar que quemaba su piel, su embriagador aroma hacían que perdiera la cabeza. Nada, ni no haber hecho las maletas, ni el avión que tenía que tomar, le importaba en ese momento. Todo su ser estaba concentrado en aquel delicioso beso y en lo que podía pasar después.

—En seis horas no nos dará tiempo a dormir... —Levander se apartó un poco. No era una pregunta sino una afirmación. Una afirmación de algo que Millie ya sabía.

Que las preciosas horas que le quedaban en Melbourne serían para ellos dos.

Era como si las reglas se hubieran dado la vuelta, la brújula interna que la había guiado siempre apuntando hacia el lado contrario.

Aquéllas no habían sido unas vacaciones. Sólo había sido trabajo, trabajo y más trabajo. Nada de visitas turísticas, nada de explorar aquel asombroso país. Nada de romances.

¿Por qué no iba a permitirse aquel lujo, aquel impulsivo momento con un hombre al que recordaría para siempre?

Cuando no quedase nada de su viaje a Melbourne, tendría el recuerdo de Levander Kolovsky. El hombre más bello y más sensual que había conocido nunca.

La besó en el ascensor, mientras subían a su suite, en la planta veinte. Besos urgentes, apasionados, que eran tan fabulosos como indecentes. Sus impacientes manos iban de sus pechos a su trasero. Apretándola contra el espejo, besaba su boca, sus ojos, sus orejas, haciéndola temblar.

Y su deseo por ella no era en absoluto abrumador porque Millie sentía lo mismo. El deseo se abría paso por todo su cuerpo, la presión haciendo que aumentase.

Sólo se sintió incómoda al entrar en la suite. Sabía que era rico, pero no había pensado en ello hasta aquel momento. Cuando los tacones de sus zapatos se hundieron en una exquisita alfombra, de repente se puso nerviosa. Con su uniforme de camarera, sin maquillaje... aquél no era su mundo. Allí las mujeres deberían estar bañadas, perfumadas y preciosas. Y ella no se sentía así.

Levander, que seguía besándola, no pareció darse cuenta al principio. Pero después vio que ella no se movía.

–Lo siento... no puedo... esto no es...

–¿Qué no es?

–Este sitio –murmuró Millie, señalando alrededor–. Ésta no soy yo.

Y no era sólo el lujo de la habitación lo que la asustaba, sino el propio Levander. Incluso después de haber visto las lágrimas de Carla lo había besado, había dejado que se apretase contra ella en el ascensor... debía estar loca.

–Yo no soy así.

Avergonzada, se dio la vuelta, imaginando que en unos segundos estaría saliendo del hotel. Sabía que él no podría entenderlo y al principio, cuando la tomó del brazo, parecía sorprendido.

–Ya sé que ésa no eras tú. Y tampoco era yo –murmuró Levander, levantando su barbilla con un dedo–. Éramos *nosotros*.

Tenía sentido. Por primera vez en aquella noche loca, algo tenía sentido. No era sólo Millie actuando de forma impulsiva. Eran ellos, la química que había entre los dos. La atracción que sentían el uno por el otro.

Estaba temblando de deseo, literalmente temblando, y ahora que lo entendía podía dejar que ocurriese.

Levander empezó a desabrochar su blusa, mirándola como si la viera por primera vez. Millie empezó a verse a sí misma con los ojos de Levander Kolovsky... y se veía bellísima. Mientras le quitaba la blusa y el sujetador, lo único que sentía era... deseo; deseo mientras rozaba uno de sus pezones con la lengua. Deseo mientras desabrochaba la cremallera de su falda para dejarla sólo con las braguitas y los zapatos. Levander clavó una rodilla en el suelo y deslizó la lengua por su estómago, sus muslos temblando de anticipación mientras seguía hacia abajo...

–Debería...

No se había lavado. Había estado trabajando toda la noche y luego caminando con él. Pero no tuvo que decirlo.

–Quiero saborearte a ti... no el jabón o el perfume... es tu aroma lo que me está volviendo loco toda la noche. No me lo quites ahora.

Lo decía como si fuera un regalo, un tesoro, mientras apartaba la tela de las braguitas y se las quitaba después, impaciente. Cuando enterró la cara en el húmedo triangulo de rizos, los escrúpulos de Millie se convirtieron en gemidos de placer. Su lengua, como un insistente y frío látigo, obligándola a enterrar los dedos en su pelo para buscar apoyo. Su cuerpo le pedía más, pero le suplicaba que parase.

Estaba segura de que las piernas no podrían sujetarla. Pero él sentía el mismo placer y lo sabía... lo sabía por sus jadeos, por su respiración agitada y por cómo clavaba los dedos en su trasero.

En ese momento era imperativo que Levander estuviera tan desnudo como ella y él, intuyéndolo, se quitó la camisa. Mientras se levantaba, con dedos impacientes, Millie empezó a desabrochar su cinturón y, aunque hubiera perdido su atención durante unos segundos, verlo desnudo hizo que ahogara un gemido. Aquel cuerpo hermosísimo, trabajado y delicioso a sólo unos centímetros del suyo...

Entonces él le preguntó.

Mientras estaba de pie, mirándolo con deseo, Levander le preguntó qué estaba pensando.

Millie jugó con la idea de decirle la verdad: que nunca había estado con un hombre, que era la primera vez que iba a mantener relaciones sexuales. Pero sabía que no podía hacerlo. Sabía que la noche acabaría si le decía eso. De modo que contestó:

—Es precioso.

—Pues tócalo.

Y eso hizo, de forma tentativa y horriblemente torpe al principio. Pero al notarlo tan suave y tan duro a la vez, algo se encendió dentro de ella. Sintiéndolo crecer en su mano, sintiendo cómo se endurecía bajo sus dedos, con un gesto lascivo y, a la vez, terriblemente tímido, Millie cayó de rodillas y con sus ansiosos ojos le suplicó que la dejase probarlo.

—Con cuidado... —las palabras de Levander eran más una advertencia que una amenaza. Estaba tan excitado que un movimiento en falso y todo habría terminado.

Era divino.

Desinhibida, lo devoró, sintiendo un enorme placer al hacerlo. Mientras Levander enredaba los dedos en su pelo, olía el provocativo aroma de sus partes más íntimas, los rizos negros rozando sus ojos mientras se movía tierna, audazmente... y él la urgía a que lo tomara hasta el fondo incluso cuando la apartaba.

—*Octahobka* —murmuró Levander, antes de repetirlo en su idioma—. Espera un momento...

Millie cayó en la cama con él, tan húmeda, tan dispuesta. Y él tan excitado que era indecente. La abrazaba con tal fuerza que apenas podía respirar, besando sus ojos, sus mejillas, sofocándola con su deseo. Y daba igual el mañana; aquel momento era suficiente. Su lengua, dura y decidida, la mantenía prisionera, la pasión encendiéndose como si los hubieran regado con petróleo y prendido una mecha.

Levander separó sus piernas, temblando de deseo, y lo único que ella pudo hacer fue guiarlo hasta su dulce y húmeda entrada.

Seguía besándola, de modo que ni siquiera pudo gritar cundo la penetró, su cuerpo adaptándose a la fabulosa sensación.

Debería haber terminado en aquel momento, pero no fue así. Como si no quisiera terminar nunca, Levander se deslizaba sobre ella, cada embestida haciendo que un muelle interno se tensase. Su estómago, su garganta, sus muslos se contrajeron mientras enterraba los dedos en su duro trasero, arqueándose hacia él.

Se sintió frenética mientras la llenaba, el orgasmo tan intenso que suplicó alivio. Pero él seguía empujando, aún excitado, cuando debería marchitarse por fin.

—No puedo —murmuró, exhausta—. Levander, no puedo...

El sollozo fue silenciado por el peso de su hombro y Millie lo mordió, dándose cuenta de que sí podía.

—Millie... —Levander seguía embistiéndola, enterrándose profundamente en su interior como si no hubiera una barrera, un final. Cuando por fin se derramó dentro de ella, Millie, que temía haber perdido la cabeza, sabía que aquélla era una ocasión única en su vida. Que aquello no era lo que se había estado perdiendo sino lo que para siempre echaría de menos.

Más tarde, exhausta, saciada, se quedó dormida a su lado. Y, en lugar de relajarse, en lugar de disfrutar del precioso tiempo que les quedaba, Levander luchó contra lo imposible.

Un solo beso lo había hecho desear más.

Y no sólo su cuerpo sino su mente. Quería que esos ojos azules se abrieran para él... quería oír su voz... quería la intimidad que habían tenido esa noche.

Y eso era lo que más lo asustaba.

Capítulo 3

NO TIENES que irte.

Millie, que acababa de despertar, sintió que su corazón se paraba dentro de su pecho. Intentando asimilar lo que había pasado, se sentó en la cama, asustada al darse cuenta de que se había quedado dormida.

–Sólo son las ocho, tranquila.

–¡Tranquila! Tengo que estar en el aeropuerto dentro de dos horas.

–Y yo digo que no –Levander estaba apoyado en un codo, acariciándola con la otra mano.

Todas las promesas en las que no se había atrevido a pensar la cegaron mientras lo miraba, desnudo, su rostro más pálido aún a la luz de la mañana, sin afeitar, inescrutable y absolutamente inalcanzable.

Levander Kolovsky era tan inalcanzable para ella que no merecía la pena siquiera considerar la posibilidad. La noche anterior había sido asombrosa, sin duda la más romántica y sensual de su vida y una que no lamentaría nunca, pero aunque fuera magia lo que había provocado su encuentro, ese milagro no se podía sostener. Eran de mundos diferentes y no sólo geográficamente. Todo había sido demasiado, demasiado pronto, pero no lo lamentaba en absoluto.

–Sí, Levander, tengo que irme.

–Si tienes algún problema con el visado, puedo hablar con mi abogado. No creo que unos cuantos días sean tan importantes. Yo te compraré otro billete si no puedes cancelar el tuyo con tan poco tiempo.

Esa respuesta sólo aumentó su resolución. La gente como Levander le daba a un vuelo internacional la misma importancia que ella a tomar un autobús, pero había tardado meses en ahorrar para el billete, para el viaje entero, de hecho. Y, además de eso, unos días más no iban a cambiar el final de aquel sueño. Unos días más sólo harían la despedida más difícil... al menos para Millie.

–Mi familia me espera.

–Diles que vas a retrasarte unos días –insistió él–. Que ha ocurrido algo inesperado –Levander sonrió mientras deslizaba la mano hasta su erección matinal–. No estarías mintiéndoles. Tú sabes que es demasiado pronto para que esto termine.

Susurró las últimas palabras a su pecho izquierdo, tomando el pezón en la boca y chupando suavemente. El impacto que aquel hombre ejercía en ella era aterrador y si seguía tocándola Millie sabía que estaría perdida.

–No, tengo que irme –insistió, apartándose de manera más brusca de la que había pretendido.

Todo lo que habían compartido la noche anterior

se había esfumado y no podía culparlo por lo que debía estar pensando; que escenas como aquélla debían ser normales para ella. Desde luego, lo eran para él. Sólo tenía que recordar su escenita con Carla. Intentando animarse con eso, tomó su ropa del suelo y prácticamente fue corriendo al cuarto de baño.

Después de cerrar la puerta, se sentó, temblando y desnuda, al borde de la bañera. Tenía que ser así, se decía a sí misma. Por un momento, casi había considerado la idea de quedarse, de sucumbir a su encanto durante unos días más. Había tenido que hacer un esfuerzo supremo para apartarse, pero la idea de llamar a su familia que, emocionados por su regreso, estaban preparándole una fiesta, para decirles...

¿Para decirles qué?

Millie se metió en la ducha, cerrando los ojos cuando el chorro de agua caliente golpeó su cara. ¿Que un hombre rico al que había conocido esa noche se ofrecía a comprarle otro billete? ¿Que se estaba enamorando de un desconocido y considerando la idea de decepcionar a todo el mundo sólo para pasar unos días más con él?

Millie apenas miraba a los hombres. No quería que nada la desviase de su sueño. Siempre había tenido mucho cuidado...

Mucho cuidado.

Por un momento, le pareció que el mundo se detenía.

No sólo no había tenido cuidado, la noche anterior había sido temeraria. Levander era tan atractivo, tan diferente, tan embriagador, tan potentemente sexual... que había olvidado por completo usar preservativo. No se le había ocurrido pensar en las consecuencias.

Oh, no.

Con un gemido de horror, Millie se dobló sobre sí misma.

¿Por qué no había pensado en ello?

Ingenua, tonta, estúpida... se decía a sí misma mientras se ponía la ropa.

–¿Quieres desayunar? –la voz de Levander sonaba forzada cuando salió del baño y Millie lo entendía. También a ella le costaba hablar.

–Tengo que irme –dijo, intentando sonreír–. Mira, es muy amable por tu parte ofrecerme un billete...

–No, seguramente lo mejor es que te vayas –la interrumpió él–. Tengo mucho que hacer esta semana y seguramente no podría salir contigo. Llamaré a un coche para que venga a buscarte... el conductor te llevará a tu casa y luego al aeropuerto.

Aunque era una oferta amable, sólo sirvió para que Millie se sintiera mal. Porque, de alguna forma, era como si le estuviera pagando por la noche que habían pasado juntos.

–Déjalo, prefiero tomar un taxi.

–Como quieras.

Millie no se molestó en maquillarse, pero se pasó un cepillo por el pelo. Le gustaría tener un aspecto más seductor durante aquel capítulo increíble de su vida, pero no era así. Y no podía engañarse a sí misma.

No podía marcharse como si no hubiera pasado nada y tampoco podía decirle lo importante que había sido para ella.

–Puedo darte mi número de teléfono –sugirió, sintiéndose horriblemente tímida–. Por si algún día quieres llamarme.

Aunque era una oferta valiente, también era increíblemente estúpido arriesgarse a un rechazo y le dolió en el alma cuando él negó con la cabeza.

–No, mejor no.

Intentando controlar las lágrimas para marcharse de allí con la dignidad intacta, Millie se quedó parada en la puerta unos segundos, mientras Levander se despedía de la manera más extraña:

–Ya sabes dónde estoy si decides volver a buscarme.

No tardó nada en hacer las maletas y encontrar el pasaporte. Y mientras tomaba el segundo taxi del día, miró las calles por las que había paseado con Levander. Se sentía llena de anhelo, de melancolía... casi echaba ya de menos una ciudad que apenas había pisado. Y, al pasar por la galería, le resultó imposible no parar para mirarla por última vez.

Sin fijarse en lo que marcaba el taxímetro, bajó del coche y parpadeó, asombrada, al ver que su cuadro no estaba en el escaparate. En su lugar había un puntito rojo, el puntito que señalaba que un cuadro había sido vendido. Millie entró corriendo en la galería y saludó a un sorprendido Anton.

–Acabas de conseguir tu primera venta, cariño.

–¿Levander? –fue lo único que se le ocurrió. Pero su burbuja de esperanza se rompió cuando Anton soltó una carcajada.

–¡Ojalá! No, qué va... ha sido una señora muy elegante. Acaba de marcharse, la tinta apenas se ha secado en el cheque. ¿No puedes cambiar el vuelo, Millie? Las cosas podrían empezar a irte bien...

Tenía una excusa para llamar a su casa, una razón para quedarse en Melbourne. Pero no podía hacerlo. Quería volver a casa, ver a su familia... y tenía que ir al ginecólogo, pensó después, avergonzada.

Aún podía ver a Levander negando con la cabeza cuando le ofreció no sólo su número de teléfono sino la oportunidad de conocerla un poco mejor, de mantener algún tipo de relación. Y él no había querido.

–Tengo que volver a Londres.

–Una pena –sonrió Anton–. Deberías estar tomando champán con Levander Kolovsky, no escapando del país. Por cierto, ¿cómo lo conociste? ¿Tienes idea de cuántas mujeres matarían por una cita con él?

–¿Sale con muchas...? –Millie no terminó la frase–. Bueno, ya me imagino que no es un ángel, pero...

–Es incorregible –le contó el propietario de la galería–. Nada más empezar a trabajar en la empresa de su padre empezó a salir con una actriz... aunque entonces nadie sabía quién era. Había venido de Estados Unidos para promocionar una película y, de repente, aparece en televisión llorando histérica porque Levander Kolovsky la había dejado plantada. Bueno, pues desde ese momento la prensa lo adora. Se dice que en su agenda están todas las mujeres guapas de Melbourne. Aunque todos vivimos con la esperanza de que un día se canse de las mujeres y se cambie de acera –rió Anton–. Pero seguramente es mejor que te marches, cariño. Porque si no te rompería el corazón.

Ya lo había hecho.

Mientras subía al taxi con destino al aeropuerto, Millie intentaba entender cómo en tan poco tiempo había cambiado todo tanto. Vender sus cuadros era lo único que quería cuando llegó a Melbourne, todo lo había hecho con ese objetivo... y ahora no parecía importarle en absoluto.

Todo lo que antes le parecía vital había dejado de serlo. Apenas lo conocía y, sin embargo, se sentía diferente. Como si en las dos o tres horas que había dormido entre sus brazos todas las moléculas de su cuerpo se hubieran transformado.

–¿Podría ir por la calle Collins?

El taxista asintió con la cabeza. Seguramente le daba igual que tardasen todo el día en llegar al aeropuerto mientras el taxímetro siguiera corriendo.

Pero era el desvío más importante de su vida.

Cuando se acercaban al hotel, Millie le pidió que

redujera la velocidad y miró hacia el vestíbulo por si tenía la suerte de verlo por allí. Luego levantó la mirada hacia la planta veinte para ver... no sabía qué. Pero estaba segura, más segura que nunca en toda su vida, de que Levander estaba allí, mirándola.

Viéndola marchar y quizá, Millie tragó saliva, sólo quizá, esperando para ver si decidía volver.

Capítulo 4

CÓMO has podido dejar que pasara algo así, Levander? –la voz de Nina Kolovsky era puro veneno mientras entraba, sin esperar invitación, en su oficina a las ocho de la mañana y tiraba un periódico sobre la mesa–. Con todo lo que tu padre ha hecho por ti... y ahora que está prácticamente en su lecho de muerte tú lo avergüenzas de esta forma.

Normalmente, aquél era su momento favorito del día. Siempre era el primero en llegar al trabajo y muy a menudo el último en marcharse y ese par de horas, antes de que empezaran a sonar los teléfonos, antes de que sus ayudantes entrasen en el despacho para consultar una cosa u otra, le daba la oportunidad de concentrarse sin interrupciones. Ver a Nina a las ocho de la mañana, maquillada como una muñeca a pesar del supuesto drama que estaba viviendo, era para Levander de lo más desagradable.

Además, su padre llevaba meses «en el lecho de muerte» y no tenía tan mal aspecto, de modo que Levander no se molestó en mirar el periódico que su madrastra había tirado sobre la mesa. No pensaba molestarse en leer nada sobre sus últimas conquistas o sobre un supuesto bajón de las acciones de la compañía... no pensaba molestarse en absoluto.

–Fuera, Nina –le ordenó–. Y preferiría que pidieras cita a mi secretaria cada vez que quieras hablar conmigo.

–¡Esto no puede esperar! –gritó su madrastra–. ¿Cómo has podido hacernos esto? La familia Kolovsky tiene una reputación que considerar y la salud de tu padre... una impresión como ésta podría matarlo.

La reputación de su familia.

Era la palabra que más detestaba escuchar... una palabra que se había usado contra él desde que puso el pie en Australia.

«Kolovsky tiene una reputación».

«Cállate, Levander».

«Debes agradecer a tu padre todo lo que ha hecho por ti».

Ni una vez.

Nunca.

Su padre lo asqueaba. Y no se sentía orgulloso de ser un Kolovsky.

–Annika te suplicó que te casaras con una buena chica, que tuvieras hijos... yo te supliqué hacer realidad el último deseo de tu padre, dejar que se fuera a la tumba feliz, sabiendo que esta familia tenía un futuro, unos herederos. ¡Y en lugar de eso nos escupes en la cara a todos dejando embarazada a una cualquiera!

Levander hizo una mueca.

–¿Tú crees que soy tan tonto? Yo siempre tengo

mucho cuidado, Nina. Sé muy bien cuántas mujeres querrían atrapar a un hombre en mi posición. Así que olvídate de las tonterías que leas... –Levander tomó el periódico dispuesto a tirarlo a la papelera, dispuesto a decirle a Nina que saliera de su despacho inmediatamente para poder seguir trabajando.

Pero no pudo terminar la frase. Porque allí, en el periódico, acababa de ver un par de ojos que lo habían hechizado. Los responsables de que, por primera vez en su vida, no hubiera tenido cuidado.

Aquella noche no estaba pensando con la cabeza. No estaba pensando en absoluto.

–Entonces, ¿la conoces? –Nina encendió un cigarrillo, su rostro tan duro como una piedra bajo el maquillaje–. ¿Conoces a esa cualquiera...?

–Ya está bien –la interrumpió Levander.

Pero las palabras quedaron colgadas en el aire mientras leía el artículo. Tuvo que tragar saliva mientras leía no sólo que Millie estaba embarazada sino que le había escondido esa información deliberadamente. Incluso que había pensado terminar con el embarazo.

–No puede hacer eso –murmuró. No podía creerlo. La Millie que él había conocido, su Millie, nunca haría algo así–. Ella no diría estas cosas –insistió Levander, volviéndose hacia Nina, como buscando consuelo donde nunca podría haberlo–. Ella no me haría esto.

–Piensa con la cabeza, Levander. Porque te lo ha hecho. Y más.

–¿Qué quieres decir?

–Según el periódico, el avión de tu amiguita aterrizará en Australia en menos de una hora. Qué conveniente que esta mujer de la que nadie había oído hablar salga de repente en las noticias. Se ha asegurado de que no haya ninguna posibilidad de que le ofrezcas dinero para librarte de ella.

–Millie no es así.

–¿Ah, no? ¿Qué sabes tú de ella? Dímelo, Levander. ¿Cómo conociste a esta encantadora señorita?

–Eso no es asunto tuyo.

–Es asunto de todos –replicó su madrastra–. Lee el resto, Levander. Lee y compruébalo por ti mismo. Dice que os conocisteis una noche cuando habías salido a cenar con tu hermana... ella era la camarera. Y como no sueles salir con tu familia a menudo, está claro a qué noche se refiere

–¿Y qué?

–¿Hablasteis en ruso en el restaurante?

–¿Qué tiene eso que ver?

–¿Hablaste en ruso con Annika?

–No...

–Pues entonces está claro. Tu camarera oyó cada palabra... sabía que estabas disgustado y, seguramente, también sabía que buscabas esposa.

–No estaba disgustado –la contradijo Levander –. Y si oyó la conversación sabría que me negué a buscar esposa. Eso es lo que le dije a Annika.

–Annika te contó que tu padre se estaba muriendo, Levander. Incluso alguien como tú habría sentido algo esa noche... y ella lo sabía. Esa *suka* vio su oportunidad y la aprovechó.

–No fue así –contestó él, indignado.

–Dime que usaste preservativo. Dime que tuviste cuidado esa noche y haré que el equipo de Relaciones Públicas se encargue de solucionarlo todo. Katina conseguirá que se retracte mañana mismo...

–Yo me encargo de esto, no te metas.

–Dime que tuviste cuidado –insistió Nina. Cuando Levander no contestó, su madrastra hizo una mueca de disgusto–. ¡No me lo puedo creer!

Él cerró los ojos, respirando profundamente, concentrándose en Millie.

Embarazada.

A pesar de sentir como si lo hubieran golpeado en el estómago, a pesar de no estar preparado en absoluto para aquello, no era una total sorpresa. Porque una noche como la que habían compartido no podía terminar y para él no había terminado. Como intentando aferrarse a un sueño, cada mañana despertaba recordándola, intentando identificar lo que había pasado esa noche, intentando convencerse de que la energía que habían creado no podía disiparse...

No, no era una sorpresa total, concluyó Levander.

Esa noche había sido demasiado como para quedar en nada.

–¿Dónde demonios está Katina? –cuando Nina iba a levantar el teléfono, él sujetó su mano.

¿Ya la has llamado? ¿Las has llamado sin hablar antes conmigo?

–Por supuesto –contestó su madrastra–. Es la jefa de Relaciones Públicas...

–Tuya quizá, pero no mía.

Tomando su maletín, Levander se dirigió a la puerta.

–Muy bien, márchate. Rompe tu contrato, abandona a tu familia cuando más te necesita. Cuando, te guste o no, también tú la necesitas...

–¿Necesitaros? –Levander se volvió, riendo amargamente–. ¿Crees que te he aguantado porque no puedo encontrar otro puesto de trabajo? Te he soportado porque, tristemente, eres parte de mi familia. Y sin mí la casa Kolovsky estaría en la ruina.

Se había terminado.

Estaba harto de todos ellos. No quería ni molestarse en seguir discutiendo con Nina. Porque le daba igual. Hacía tiempo que le daba igual y era hora de que lo entendieran. Sólo podía pensar en Millie. Y en descubrir qué demonios había pasado.

–Esa chica te demandará. Te llevará a los tribunales...

Levander dudó durante menos de un segundo, pero eso era todo lo que Nina necesitaba.

–Y entonces todo saldrá a la luz... todas nuestras miserias. Ivan Kolovsky se está muriendo y su primogénito...

Levander corría durante una hora cada mañana, corría hasta que le dolía el pecho, pero no sudaba nunca. En aquel momento, sin embargo, un sudor frío perlaba su frente. Intentaba respirar, pero el aire no llegaba a sus pulmones.

–Y después de eso... –la voz de Nina parecía llegar de muy lejos–. Después de que se haya contado todo, cuando hayas destrozado a nuestra familia y ella esté riéndose en Inglaterra... entonces, Levander, tendrás que pagarle lo que te pida.

–No necesito que Katina se encargue de esto.

–Es posible que la necesites.

–Si la necesito, la llamaré.

El mundo volvía a enfocarse, pero todo parecía diferente. Todo era diferente. Tenía que quedarse allí, le gustase o no. El rostro de Nina le repugnaba tanto que sentía la tentación de abofetearla, pero no le daría la oportunidad de hacerse la víctima.

–Yo me encargo de todo.

–Encárgate de todo, Levander –Nina clavó una larga uña roja en su pecho–. Y te lo digo ahora, para que puedas decírselo a esa *suka* cuando la veas: sea cual sea la vergüenza que traiga a la familia Kolovsky, yo le serviré a ella y a su familia el doble.

–Levander... –pálida y angustiada, Annika entró corriendo en el despacho–. Lo he oído en la radio. Tienes que hacer algo. Los teléfonos no dejan de sonar, la prensa se ha vuelto loca... dicen que su avión aterrizará aquí dentro de una hora...

–¿Cuándo? –la interrumpió Levander–. ¿A qué hora llega su avión?

–Primero tenemos que decidir lo que hay que hacer –intervino su madrastra.

–A ver si lo entiendes –dijo Levander, rojo de furia mientras miraba a la mujer que más odiaba en el mundo–. Me quedo porque no tengo alternativa. Pero quiero que entiendas una cosa... tú eres la última persona de la que voy a aceptar consejos. La última persona que me dirá cómo educar a mi hijo...

–Levander, por favor –lo interrumpió Annika–. ¿Qué estás diciendo? ¿Qué vas a hacer? Tú sabes cómo lamenta papá lo que pasó, pero eso fue hace mucho tiempo... no se puede cambiar.

–Escucha a tu hermana, Levander. Todos lamentamos lo que ocurrió en el pasado... –empezó a decir Nina.

Pero aquella mañana, Levander no podía soportarlo más. La caja de Pandora se había abierto y la furia contenida durante años llegó a la superficie. Aquel día no quería oír las mentiras de Nina. Mentiras que repetía tan a menudo que seguramente debía creérselas.

–Tú sabes que a tu padre le duele en el alma pensar en lo que te pasó...

–No sigas por ahí –la voz de Levander, ronca, baja, sonaba amenazadora. Y el color desapareció del rostro de Nina–. *Min znatts.*

«Yo conozco la verdad».

Por fin, estaba diciéndole lo que ella creía que no sabía. Y por si tenía alguna duda, insistió:

–Yo recuerdo lo que tú has decidido olvidar.

–¿Por qué estamos hablando en ruso? –preguntó Annika, nerviosa.

–Pregúntale a tu madre –dijo Levander, clavando su mirada en Nina, retándola a continuar la conversación y consolándose un poco al ver pánico en el rostro de su madrastra.

Ahora que, por fin, se había callado, Levander podía decir lo que tenía que decir:

–Tienes la boca muy sucia, Nina. Pero te advierto que si vuelves a insultar a la madre de mi hijo no seré responsable de mis actos. Ah, y antes he cometido un error –le espetó, su acento más pronunciado que nunca por la furia que sentía–. Es mi padre la última persona de la que acepto consejos. Tú, Nina, no eres más que la penúltima.

Capítulo 5

VENDER un cuadro, pensaba Millie, abrochándose el cinturón de seguridad cuando anunciaron que estaban a punto de aterrizar en Melbourne, era como tener el sarampión. Sólo que sin los incómodos picores. Después de un puntito rojo había llegado una sucesión de puntitos...

Tras la mención de su nombre en un periódico local, una entrevista en uno de tirada nacional, un par de entrevistas en la radio y un artículo sobre ella en una revista especializada. Mientras su obra iba desapareciendo, galerías que no habían querido exponer sus cuadros, que ni siquiera habían contestado a sus llamadas, empezaban a interesarse por su trabajo. Y aunque aún era pronto, sus planes de empezar a dar clases habían tenido que esperar.

Y allí estaba, de vuelta en Melbourne con más cuadros para aparecer en una de las «veladas artísticas» que organizaba Anton.

Aunque podría parecer una razón poco sensata para dar la vuelta al mundo, había sido un incentivo para reunir valor y hacer lo que era inevitable a medida que pasaban los días.

Hablar con Levander.

Su nombre aparecía en su cabeza más veces al día de las que podía contar. Trabajando, comiendo, descansando, durmiendo, era un compañero constante. Cientos de veces había querido llamarlo, escribirle para darle la noticia, pero... ¿cómo iba a hacerlo?

Incluso había buscado información sobre él en Internet.

El día que llegó a casa, antes de comprobar su correo electrónico, en cuanto pudo escapar de su familia, buscó su nombre en la red. Esperando no sabía qué. Había encontrado muchas páginas sobre Levander Kolovsky, fotografía tras fotografía que parecían reírse de ella mil veces. Casi de forma masoquista se había obligado a sí misma a leer cada artículo. Había muchas mujeres dispuestas a hablar de él y ninguna de ellas hablaba mal. Aparentemente, Levander Kolovsky era el niño mimado de todo el mundo. La única queja que tenían era que su relación hubiera terminado.

¿Cómo iba a darle la noticia?

¿Y cómo podía no hacerlo?

El invierno estaba a punto de llegar a Melbourne y, mientras el avión descendía de entre los nubarrones grises, Millie se preguntó por enésima vez cuál sería su reacción cuando apareciese en su hotel.

Quizá debería pedir que lo llamasen para quedar en el bar. Quizá debería escribirle la carta que había escrito mil veces en su cabeza, darle un poco de tiempo para digerir la noticia antes de verlo.

Había sido lo único importante durante meses,

pero especialmente ahora, mientras atravesaba el vestíbulo de Llegadas, sólo podía pensar que estaba de vuelta en el mundo de Levander, que pronto lo vería. Esa idea la tenía tan consumida que tuvo que pedirle al oficial de Inmigración que le repitiera la pregunta mientras comprobaba su pasaporte.

–¿Cuál es la razón de su visita?

–Negocios –contestó Millie, poniéndose colorada porque no estaba siendo sincera del todo–. Bueno, también por razones personales. Pero sobre todo he venido por una cuestión de negocios.

–Estoy más interesado en esas razones personales –sonrió el hombre.

El control de Inmigración era seguramente el único sitio en el planeta donde alguien podía decir algo así sin recibir una réplica grosera.

–Espero volver a ver a una persona –dijo Millie.

–¿Un novio?

–No, es alguien a quien conocí la última vez que estuve aquí. Espero verlo, eso es todo.

–¿Dónde piensa alojarse?

–He reservado habitación en un hotel.

–¿Y no tiene intención de quedarse más de un mes?

–No –contestó ella, que empezaba a preocuparse de que no la dejaran entrar–. ¿Hay algún problema?

–Eso es lo que estoy intentando averiguar –contestó el hombre–. ¿Puede enseñarme el seguro de viaje? Porque supongo que tendrá seguro.

Poniéndose colorada hasta la raíz del pelo, Millie le entregó la documentación.

–Según mi médico, no pasa nada por viajar en avión estando embarazada...

–Que tenga una feliz estancia –la interrumpió el oficial, sellando el pasaporte.

Millie sacudió la cabeza, percatándose de que el interrogatorio había terminado.

Era casi como si supiera que estaba embarazada y estuviera esperando que ella se lo revelase, pensaba mientras iba a buscar su maleta y sus cuidadosamente empaquetadas cajas. En fin, era su trabajo.

Millie siguió la línea roja de los que no tenían «nada que declarar», esperando que no la parasen de nuevo.

–Bienvenida a Melbourne –sonrió una mujer, devolviéndole el pasaporte.

–Gracias.

–¿Quiere que la acompañe alguien, señorita Andrews?

–No, no hace falta.

Pero estaba atravesando las puertas de cristal cuando el fogonazo de una cámara la cegó. Al otro lado había un montón de fotógrafos, todos gritando. Debía haber ido en el avión con algún famoso, pensó. Se le ocurrió dar la vuelta y salir por otra puerta, pero su carro iba demasiado cargado como para hacer esa maniobra. En lugar de eso, miró por encima del hombro para ver quién era y dejarlo pasar. Sorprendida, vio a una pareja de señores mayores y a una mujer con un niño que no había dejado de llorar desde Singapur. Ninguno de ellos parecía particularmente famoso.

–¡Aquí, señorita Andrews!

–¡Mira aquí, Millie!

¿Estaban llamándola a ella? Millie se quedó inmóvil, atónita. Vio entonces varios micrófonos y una cámara de televisión. Esas entrevistas en la radio y el artículo en la revista de arte no podían haber generado tal interés, era imposible. Aquél era el recibimiento que le harían a una actriz famosa, no a una artista que estaba empezando a vender sus cuadros. El pelo sin arreglar, la cara sin gota de maquillaje y lo peor, el chándal y la camiseta tan cómodos para viajar, eran patéticos para aparecer en televisión, se dijo Millie, pensando que lo mejor sería salir corriendo. ¿Qué querían de ella? ¿Por qué había fotógrafos esperándola? ¿Cómo era posible que la conociesen?

En un segundo, todas sus preguntas fueron respondidas.

No tenía nada que ver con ella, pero sí con *él*.

Porque en su línea de visión estaba el hombre que había invadido sus pensamientos durante las dieciséis semanas... o ciento doce días, o dos mil seiscientos ochenta y ocho minutos. Lo sabía porque había hecho la cuenta en el avión.

Pero no había imaginado que lo vería allí, en el aeropuerto.

Con un traje gris oscuro, la camisa tan blanca que Millie estuvo a punto de sacar las gafas de sol, Levander era más guapo aún que en sus recuerdos. Mucho más, literalmente arrebatador. Era como una figura mafiosa que hubiera salido de una película para aparecer en la vida real, en su vida, con su pelo oscuro peinado hacia atrás, la sombra de barba un mero recuerdo porque iba afeitado.

Y se dirigía hacia ella como si hubiera estado esperándola, caminando con tal propósito que cada átomo de su cuerpo le pedía que corriera hacia él.

Pero cuando soltó el carrito algo la detuvo, algo en su expresión, en su postura diciéndole que, aunque estaba llamándola, para Levander no había nada tierno en aquella reunión. Y el pensamiento fue confirmado por el brillo amenazador de sus ojos...

–¡Levander!

Todo aquello era tan confuso, las cámaras, los gritos de los fotógrafos, el ruidoso aeropuerto...

–¿Qué pasa?

Él no contestó. Pero lo que hizo la confundió aún más. Porque la tomó entre sus brazos y buscó sus labios en un beso ardiente, tan fiero que respirar era imposible. Sabía tan bien como ella recordaba, era tan duro, tan atractivo como siempre. Su aroma era tan intrínsecamente masculino que casi se mareó. Aquélla era la reunión que Millie secretamente había esperado.

Si sus ojos no fueran tan fríos... dos trozos de hielo negro negando la calidez del abrazo. Y las manos que parecían abrazarla en realidad la retenían, la impedían moverse hasta que por fin se apartó para hablarle al oído:

–No digas nada... hablaré yo.

–No sé qué... –su voz se perdió entre los gritos de los fotógrafos.

Un hombre, presumiblemente un ayudante de Levander, tomó su carro mientras él la llevaba hacia los periodistas. La gente podría pensar que quería protegerla, pero Millie podía sentir cómo los dedos masculinos se clavaban en su hombro. Seguía estupefacta cuando alguien le acercó un micrófono, el mar de caras volviéndose borroso mientras hacían pregunta tras pregunta.

–¿Cuándo nacerá el niño?

–¿Tiene planes de quedarse en Australia?

–¿Desde cuándo lo sabe?

–¿Cuándo pensaba decírselo al señor Kolovsky?

Atónita, Millie miró a Levander. La noticia que ella había estado intentando ocultar durante meses era de conocimiento público. Y las sorpresas seguían llegando... cada revelación confundiéndola más. Hasta que Levander tomó el control. A pesar de su palidez, se mostraba tranquilo, incluso ligeramente aburrido con todo aquel circo.

–Mi prometida está cansada después del viaje.

Ella abrió la boca para protestar, para corregirlo, pero él apretó su hombro con fuerza.

–Al contrario de lo que decía el insidioso reportaje en el periódico, los dos estamos encantados con la noticia del embarazo.

–¿Entonces mantienen una relación?

–Creo que eso es lo que significa la palabra «prometida».

El sarcasmo era hiriente, pero no detuvo a los periodistas, que seguían haciendo preguntas. Millie quería esconderse, apoyarse en Levander que, a pesar de su frialdad, la estaba protegiendo.

–¿Y su familia? –le preguntó alguien.

–Están encantados, naturalmente.

–¿Cuándo se casarán?

–Bueno, ya está bien de preguntas. Mi prometida está agotada después de un viaje tan largo.

Y, sin decir otra palabra, sacó a Millie del aeropuerto y la llevó hasta un coche negro que esperaba en la puerta. Pero ella quería salir corriendo. Los fotógrafos y el caos del aeropuerto eran preferibles a la mirada helada de Levander.

Subir a un avión y volver a recorrer la distancia que la separaba de Londres le parecía más atrayente que meterse en el coche y enfrentarse con él. Porque su furia era palpable.

–Sube –le ordenó, con los labios apretados.

Mientras el conductor terminaba de colocar sus cosas en el maletero se quedaron a solas un minuto en el interior del coche y Millie intentó calmarse.

–No tenías derecho a decir que soy tu prometida, Levander.

–¿No tenía derecho? –repitió él–. No tienes ni idea de los derechos que tengo. Y pienso ejercitar todos y cada uno de ellos.

Cuando el conductor subió al coche Levander se inclinó hacia ella y Millie pensó que iba a besarla, pero el desprecio que había en sus ojos le dijo que no era así.

–Toma, para que vayas leyendo durante el viaje –le dijo, dándole un periódico.

Millie quiso que se la tragase la tierra cuando leyó el artículo. Era la conversación que había mantenido con Janey, su amiga. Pensamientos privados y confidencias estaban allí, en blanco y negro, para que los leyera todo el mundo. Y, sobre todo, Levander.

–Dios mío, yo no sabía...

–Ahórratelo –la interrumpió él–. Ésta es mi parte favorita –dijo luego, clavando el dedo en un párrafo.

Millie no podría haberlo leído por mucho que lo intentase porque tenía los ojos llenos de lágrimas. Pero sabía sin mirar a lo que se refería: esa noche horrible en la que pensó en la posibilidad de librarse del niño. Qué frío, qué terrible sonaba mientras él lo leía en voz alta, qué falto de la desesperación que había sentido en ese momento mientras se lo contaba, llorando, a Janey.

Pero, ¿qué mal periodista, qué mala amiga se molestaría en añadir las lágrimas? ¿Por qué iban a contar que antes de terminar de decirlo había sacudido la cabeza, angustiada, sabiendo que, en realidad, eso no iba a pasar?

¿Y cómo un hombre como Levander iba a entenderlo?

–Quizá deberíamos recortarlo y guardarlo para la primera página del álbum del niño.

Cuando llegaron a la suite, su desprecio seguía siendo tan duro como una bofetada.

–Sé que tiene que haber sido horrible enterarte así...

–Tú no sabes nada –la interrumpió él–. ¿Es cierto lo que han publicado?

–No... bueno, en parte. Pero no fue así, no se lo conté de ese modo.

–¿Entonces es cierto? No me mientas, Millie.

–No estoy mintiendo. Los periódicos inventan cosas... las exageran. Tú deberías saber eso mejor que nadie.

–Ya tuve que demandar a este periódico una vez... les obligué a retractarse cuando publicaron algo que no era cierto. Hace dos años me acusaron de acostarme con la mujer de uno de nuestros rivales... la verdad era que sólo habíamos comido juntos para hablar de trabajo. Esa sorpresa casi le costó su matrimonio y me han estado esperando desde entonces. No publicarían nada que tuviera que ver conmigo sin confirmarlo primero. Así que dime, Millie, ¿es verdad o no es verdad que habías pensado no decirme nada sobre el niño?

Lo había pensado, sí. La noche que se hizo la prueba de embarazo, cuando todo su mundo se puso patas arriba, lo pensó. Pero luego decidió que eso no estaría bien y ahora, sentada en el sofá de la suite, oyendo cómo la acusaba... era más de lo que podía soportar.

–Sí, pero estoy aquí, ¿no?

Levander no contestó.

–¿Y pensaste en abortar?

Millie se pasó la lengua por los labios. Intentaba controlar las lágrimas, pero no valía de nada.

–Durante unos minutos... porque me sentía confusa, asustada. Luego me di cuenta de que no podría hacerlo.

El gesto de Levander le dijo lo que pensaba de su respuesta.

–Y mientras te sentías tan «confusa y asustada», tu amiga Janey comentó que, como yo soy un hombre rico, el niño y tú estaríais bien atendidos. Y que «había muchas mujeres que darían un brazo por un cheque de manutención de un Kolovsky».

–Ésas fueron sus palabras, sí.

–Pero, «estoy aquí, ¿no?» son tuyas. ¿Ha venido aquí para conseguir ese cheque, señorita Andrews? ¿Para asegurar su futuro?

–He venido para decirte que no sé qué hacer... para decirte que voy a tener un hijo.

–Bueno, como puedes ver, ya lo sé.

–Lo siento.

–Ahórratelo para más tarde –dijo Levander–. Ahórratelo para cuando tu hijo aprenda a leer.

–¡No me hables en ese tono! –replicó Millie, indignada–. Yo no quería que publicasen eso... no tengo ni idea de por qué lo ha contado Janey, supongo que por dinero.

–Deja el drama, Millie, no me conmueve. Y no pienses ni por un minuto que vas a conseguir un cheque.

–Yo no pensaba... no es por eso por lo que he venido.

–No pienses que voy a pagar por algo que no es mío –siguió él, su acento más pronunciado por la rabia–. Cuando algo es mío lo uso...

–¡No!

–¿Crees que estoy hablando de ti? ¿Crees que después de leer esta basura te sigo deseando? Estoy hablando de nuestro hijo. Estoy en la vida de ese niño ahora, te guste o no. Así que acostúmbrate a verme, Millie. Acostúmbrate rápidamente porque ahora formo parte de tu vida.

Angustiada y enferma por los mareos matinales, Millie no intentó siquiera discutir con él. Sólo quería cerrar los ojos ante aquel horror, encontrar un sitio seguro donde pudiera lamer sus heridas.

–Hablaremos de eso más tarde... –le dijo, cuando pudo encontrar su voz–. Haz lo que tengas que hacer, Levander. Y yo haré lo que pueda. Pero ahora mismo me voy a mi hotel...

–Te quedarás aquí.

–¿Después de cómo me has hablado? ¿Crees que voy a quedarme aquí mientras me insultas?

–No tienes alternativa –dijo él–. Hay fotógrafos en el vestíbulo. ¿Crees que van a dejar escapar esta historia?

–¿Y por qué demonios están tan interesados? ¿Qué tiene que ver con ellos?

–¡Soy un Kolovsky! –gritó Levander–. Soy uno de los hombres más ricos de Australia, mi vida les interesa. No finjas ni por un momento que no lo sabías, Millie. Si eliges marcharte y empeorar las cosas no te detendré. Te deseo suerte intentando abrirte paso entre esa pandilla de sabuesos, te deseo suerte buscando un hotel e intentado pegar ojo esta noche...

Millie tragó saliva. Tenía razón. La idea de enfrentarse con los paparazzi sin tenerlo a su lado para controlarlos no era nada apetecible.

–Vete a la cama –Levander debía haber leído sus

pensamientos–. Vete a la cama y no te molestaré. Descansa y luego, cuando los dos nos hayamos calmado...

–¿Cuánto te enteraste? –preguntó Millie–. ¿Te llamaron para confirmar la noticia o...?

–Me he enterado hace unas horas.

–Yo pensaba contártelo.

–Vete a la cama, Millie.

Pero no podía hacerlo. El impacto de esa terrible llegada la tenía tan nerviosa que no podría pegar ojo.

–Pensé que era mi amiga... Yo confiaba en Janey. No puedo creer...

–Ya está hecho –la interrumpió Levander–. Y ahora es el momento de arreglarlo.

–¿Podemos hacerlo?

–Ya se me ocurrirá algo –contestó él–. Cuando te vayas a la cama hablaré con la jefa de Relaciones Públicas. Y esta noche cenaremos con mi familia. Al menos así mostraremos un frente unido... –Levander no terminó la frase. Quizá se había dado cuenta de que ella estaba demasiado cansada y demasiado angustiada como para hablar de eso en aquel momento–. Vete a dormir. E intenta no pensar en ello por ahora.

Asintiendo con la cabeza, Millie entró en el dormitorio y se sentó en la cama, preguntándose qué podía hacer...

¿Cómo había podido pasar? ¿Cómo iba a contarle a sus padres lo que había pasado desde su llegada a Melbourne?

–Oh, no... –murmuró, pensando que seguramente sus padres ya habrían leído un artículo similar en algún periódico en Inglaterra.

Ya lo sabían.

Todo el mundo lo sabía.

Era por eso por lo que el oficial de Inmigración había insistido en preguntar si sólo iba a Melbourne por negocios. Él sabía que estaba embarazada... lo sabía porque lo había leído en el periódico.

–Necesito un teléfono... –Millie ni siquiera se fijó en que Levander estaba donde lo había dejado, hablando por el móvil.

–Sí, claro. ¿El que hay al lado de la cama no funciona?

–Es una llamada internacional... –Millie no terminó la frase. A «uno de los hombres más ricos de Australia» le importaría un bledo que hiciera una llamada internacional.

Pero se le encogió el corazón al oír la voz de su madre. Estaba histérica. ¿Cómo iba a tranquilizarla? ¿Cómo iba a convencerla de que todo iba bien?

Viendo cómo intentaba calmar a su madre, Levander por primera vez no pensó en el niño ni en las viles palabras del periódico. En ese momento sólo pensaba en ella. En su dolor, en su angustia, ante la que que ni siquiera él podía permanecer impasible.

–Mamá, por favor... no es tan horrible. El niño está bien, yo estoy bien... sí, lo sé, yo tampoco puedo creer que Janey haya hecho eso. Tienes que calmarte. Estoy oyendo a Austin llorar... por favor, mamá, no es tan malo como parece...

Pero, evidentemente, la señora Andrews no creía a su hija. Levander podía oír sus sollozos mientras Millie intentaba consolarla.

–No sé por qué lo hizo, supongo que por dinero. No sé, últimamente se mostraba un poco rara, como si estuviera celosa porque me habían entrevistado. Pero fuera cual fuera la razón, ya está hecho.

La rabia, la vergüenza y la humillación que Levander había sentido al leer aquel artículo en el periódico empezaron a disminuir al ver las cosas desde el punto de vista de Millie.

Su mejor amiga la había traicionado. Toda su vida estaba siendo diseccionada bajo un microscopio para entretenimiento de la gente. Aunque para él era lo habitual, para Millie debía ser una pesadilla. Viendo lo pálida que estaba, viendo cómo intentaba parecer más alegre para consolar a su madre, se sintió culpable por haberle hablado de esa manera, por la ira que había mostrado con... la madre de su hijo.

Su hijo.

Estaba empezando a darse cuenta de la realidad. Millie estaba embarazada de su hijo y esa idea literalmente lo paralizó, lo aterrorizó más de lo que nadie podría imaginar nunca. Sin embargo, dentro de él había cierta emoción, un anhelo por la diminuta vida que habían creado.

Y un extraño deseo protector.

–¿Quieres que hable con tu madre? –le preguntó en voz baja. El repentino cambio debió sorprender a

Millie, que negó con la cabeza–. Yo le diré que todo se va a solucionar.

–No creo que hablar contigo sirva de nada –contestó ella, tapando el auricular con la mano–. Pero no sé qué más decirle. Sólo quiero que se calme...

–Yo hablaré con ella.

Aunque no sabía qué iba a decirle, estaba dispuesto a hacer un esfuerzo. Pero cuando alargó la mano para quitarle el teléfono, Millie se apartó.

–Mamá, Levander ha ido a buscarme al aeropuerto y esta noche vamos a cenar con su familia...

Las lágrimas que rodaban por su rostro mientras intentaba calmar a su madre hicieron que Levander se sintiera como un canalla.

–En serio, mamá, todo está bien. Levander me conoce y sabe que no debe hacer caso a lo que digan los demás. Por favor, no te preocupes. Dile a papá que todo está bien.

Por fin, cuando nada de lo que pudiera decir lograba calmar a su madre, cuando podía oír los gritos de Austin al fondo, Millie se rindió, dándole el teléfono a Levander y dejándose caer sobre la cama.

–Señora Andrews, soy Levander Kolovsky. Siento que tengamos que conocernos en estas circunstancias... entiendo que debe estar usted disgustada, pero le aseguro que su hija está bien...

Era tan amable, tan encantador, tan seguro de sí mismo que Millie dejó de llorar. Como un médico hablando con un paciente, la voz de Levander parecía tranquilizar a su madre.

–Le diré lo que le he dicho a la prensa para que

no se lleve otra sorpresa... le he pedido a su hija que se case conmigo. Esta noche vamos a cenar con mi familia para hacer oficial el compromiso.

Cuando le devolvió el auricular su madre estaba un poco más tranquila. Incluso le dijo que Levander parecía muy amable, que parecía tenerlo todo controlado...

–Todo va a salir bien, mamá.

Millie colgó después, agotada.

–Bueno, ya tienes lo que querías: un frente unido.

–Yo siempre consigo lo que quiero –dijo Levander–. Siempre.

Podría marcharse.

Sentado en la semioscuridad del salón, todos los teléfonos desconectados, Levander podía pensar por fin. Había tenido que llamar a la seguridad del hotel para que pusieran a alguien en la puerta de la suite. Nadie, en ninguna circunstancia, debía molestarlos.

Aquélla era una emergencia que él tenía que solucionar.

No podía sacarla de allí esa noche. No podía meterla en el nido de serpientes que era su familia y arriesgarse a que descubriera la verdad.

Casi sonrió al imaginarla haciendo preguntas inocentes que, cuando uno estaba con los Kolovsky, no se podían hacer.

Debía advertirla sin decírselo, pero ¿cómo?

¿Cuántas veces se había levantado para entrar en la habitación, dispuesto a hablar con ella... para volver al salón después, derrotado? Un par de veces incluso abrió la puerta para verla dormir, los rizos sobre la almohada, las largas pestañas acariciando sus mejillas...

¿Cómo iba a despertarla para hablarle de aquella pesadilla?

Y si lo hacía, ¿luego qué?

¿Cómo podía Millie, cómo podía nadie, entender lo que él sentía? Y si le decía la verdad, si exponía el secreto familiar... Millie podría usarlo contra él.

Cerrando los ojos, Levander hizo una mueca al pensar en los Kolovsky intentando solucionar el asunto. Como una pieza de seda dañada, el nombre y la reputación de Millie Andrews serían arrastrados hasta que no quedase nada de ella... todo era permisible para salvar la reputación de la familia.

Levander miró el pasaporte que asomaba por su bolso. Si supiera la verdad tardaría cinco minutos en vestirse y marcharse de allí.

¿Y quién podría culparla?

No podía mantenerla prisionera en la suite. Y por muy furioso que estuviera, por muy aterrador que quisiera parecer, una mujer como Millie sólo tardaría un momento en entender la situación. Y se marcharía de allí.

Con su hijo.

Tomaría el siguiente vuelo a Londres con toda la munición que necesitaba para conseguir lo que quisiera. ¿Qué tribunal le daría a él la custodia del niño?

Levander recordaba los comentarios de Nina... e imaginaba el resultado si Millie acudía a los tribunales.

No era el miedo de quedarse sin trabajo o sin el dinero de los Kolovsky lo que lo había detenido con Nina, era el miedo a la decisión inevitable del juez.

¿Cómo iban a darle a él la custodia de un niño?

Levander supo entonces lo que debía hacer. Suspirando, apartó la cortina y miró las nubes grises que cubrían el cielo que Millie debía haber atravesado unas horas antes. Las nubes que volvería a atravesar si no hacía algo.

Tenía que casarse con él.

No podía bajar la guardia ni un momento... no podía respirar hasta que ella llevase una alianza en el dedo.

Quisiera o no, Millie tenía que casarse con él para protegerlos a todos.

Capítulo 6

MILLIE?

Millie saltó de la cama al oír ese tono. Así era como la llamaba su padre los domingos por la mañana, para regañarla por haber llegado tarde la noche anterior...

–¿Estoy castigada?

–¿Qué? –Levander encendió la luz y puso un vaso de agua en la mesilla. A pesar de que no quería aceptar nada de él, el chasquido del hielo y su boca seca la obligaron a tomar un trago–. Es hora de que te levantes. Te he dejado dormir todo lo que me ha sido posible, pero tenemos una mesa reservada para las ocho.

–Ah –Millie cerró los ojos–. ¿Cómo se me ha podido olvidar eso?

–Deberías levantarte.

–¿De verdad tengo que ir?

–Es lo que habíamos acordado.

–No, en realidad no habíamos acordado nada –replicó ella, incorporándose –. Me has dicho que tengo que hacer esto y aquello, pero no recuerdo haber aceptado nada. Y, para tu información, no quiero ir, así que no voy.

–¿Siempre eres así de egoísta?

–¿Qué?

–¿Crees que yo quiero ir a cenar con mi familia? –le espetó Levander–. ¿Crees que quiero posar con ellos como si fuéramos una familia feliz después de lo que ha pasado?

–Pues no lo hagas –contestó Millie.

–Tenemos que arreglar esto como sea.

–¿Cómo vamos a arreglarlo? Francamente, salir juntos esta noche y pretender que no pasa nada sólo puede empeorar las cosas.

–Llama a tu madre y dile eso.

–Muy bien.

–Y luego puedes llamar al restaurante y decirles que cancelen la reserva y que se lo digan a los demás cuando lleguen.

–Son tu familia, Levander.

–Las últimas personas con las que quiero cenar.

–Entonces, ¿por qué...?

–¿Por qué? –repitió él–. ¿Tienes la temeridad de preguntar por qué? ¿Es que nunca te paras a pensar en las consecuencias de lo que haces, Millie?

–Pues claro...

–Mi familia cree que me has tendido una trampa. Según ellos, tú sabías lo que hacías esa noche.

–Pero no es así.

–Lo sé –suspiró Levander–. A pesar de lo que digan los demás, lo sé porque tú no haces ese tipo de planes. De hecho, no haces planes en absoluto. Conoces a un extraño una noche, se te olvida tomar la pastilla...

–Hacen falta dos personas para que esto ocurra –le recordó ella.

–Una noche de sexo y ahora tenemos que pagar el precio. Ahora tenemos que hacer lo mismo que incontables parejas cuando una noche de locura se convierte en una condena.

–¡Una condena! ¿Cómo puedes decir eso?

–¿Cómo no voy a decirlo? ¿Qué esperabas que pasara? ¿Esperabas que me pusiera a llorar? ¿Que te tomase en mis brazos y dijera que era la mejor noticia que podías darme?

–No, claro que no –contestó Millie.

–¿Entonces qué pensabas? Vamos, dímelo. En lugar de hacerme saber que estás embarazada se lo cuentas a una amiga que le vende la noticia a un periódico...

–¿Y cómo iba a saberlo yo?

–Al contrario que tú, yo sí me paro para pensar. Pienso en diez, quince años cuando nuestro hijo sepa leer, cuando se encuentre con ese artículo...

–No será así... –empezó a decir Millie.

Pero no pudo terminar la frase.

–No estamos hablando de lo que tú quieres o de lo que quiero yo, estamos hablando de nuestro hijo. El artículo del periódico estará siempre ahí, los comentarios insidiosos creciendo cada día a menos que hagamos algo. Esta noche podemos hacer algo, asegurarnos de que cuando nuestro hijo sea mayor sabrá que al día siguiente de publicarse esa basura todo se solucionó. Así que levántate, vístete y empieza a sonreír. Esta noche tenemos que hacer algo bueno por el futuro de ese niño.

Pálida, temblando y sintiéndose peor que nunca en toda su vida, Millie saltó de la cama. Aunque le resultaba odioso, tenía razón. Casi podía ver una salida a la situación insalvable en la que Janey la había metido.

–¿Y qué me pongo para esa cena tan importante? Sé que en teoría no debería importar, pero... –suspirando, se pasó una mano por el pelo–. Debería ser yo misma, sin pensar en las cámaras o en el hecho de que voy a cenar con los famosos Kolovsky...

Millie sacó el fiel vestido rojo que había usado para asistir a varias bodas y muchas primeras citas y que, con un poco de suerte, si no engordaba entre aquel día y el próximo viernes, iría con ella a la galería de Anton para su «velada artística». Pero hizo una mueca al ver la mancha que había olvidado quitar.

–¿Qué voy a ponerme?

–Yo me encargo de eso –dijo Levander.

Y así fue.

Debía haber encargado que llevasen toda la colección Kolovsky a la suite, además de un peluquero y un maquillador. Agotada, enferma y aún furiosa por sus palabras, Millie decidió no protestar. Aunque no pudiesen borrar las palabras de Janey, quizá conseguirían hacer que la gente las olvidase.

Elegir entre un montón de fabulosos vestidos de

noche debería ser algo agradable, pero Millie no se sentía feliz en absoluto. Los vibrantes colores que eran la marca de fábrica de Kolovsky, aunque increíblemente bonitos, resultaban algo exagerados para una mujer de metro sesenta. Incluso el negro básico parecía demasiado opulento. Pero allí, entre todos aquellos vestidos, había uno gris pálido, la seda tan espesa que parecía lana, y mientras se lo ponía Millie podía entender por qué la gente se gastaba miles de dólares en un vestido Kolovsky. El corte de la tela era increíble y tenía unos pequeños frunces en el estómago que disimulaban su incipiente barriguita. El corte imperio hacía que su escote, cada día más llamativo, fuera el centro de atención.

Millie cerró los ojos mientras el peluquero transformaba sus rizos rubios en una melena de cine y el maquillador, con la misma habilidad con una brocha que ella misma poseía, acentuaba sus ojos azules con sombra gris y hacía que sus labios parecieran tan generosos, tan brillantes, que era una pena que no tuviese ganas de sonreír.

–Así está mejor –Levander apenas miró en su dirección mientras se ponía la corbata–. Será mejor que nos vayamos.

–¿Puedo preguntar quién va a estar en la cena?

–Mi padre, Ivan, y mi madrastra, Nina. Y, sin duda, sus feas hermanas. Y mi hermanastra, Annika.

–¿La que estaba contigo en el restaurante?

–Sí.

–¿Cómo es?

–Muy dulce –Levander intentaba sin éxito hacerse el nudo de la corbata–. *Govno*.

Observándolo, Millie se dio cuenta por primera vez de que estaba nervioso.

–¿Qué significa eso?

–Que es más que suficiente para una noche. Tengo dos hermanastros, gemelos, Aleksi y Iosef, pero no están en Australia. Aleksi está en Londres, trabajando para la empresa.

–¿Y el otro gemelo?

–Iosef es médico, traumatólogo. Lleva cinco años trabajando en Rusia.

Qué curioso que una de las profesiones más estimadas en el mundo sonara tan sosa cuando uno era un Kolovsky.

–Toma –dijo Levander entonces sacado un anillo del bolsillo de la chaqueta, sin cajita, sin ceremonia alguna–. Será mejor que te pongas esto.

–Antes de meterme en la boca del lobo quieres decir.

–No te hagas la inocente. Le he dicho a tu familia y a la mía que esta noche haríamos oficial el compromiso y no podemos hacerlo sin un anillo.

Millie se lo puso, sin mirarlo siquiera.

–Muy bien. Mientras sepas que yo creo en los compromisos largos. No pienso dejar que me presiones...

–Mientras tú sepas que tampoco yo voy a dejar que me convenzas de nada –la interrumpió Levander– al menos nos entenderemos el uno al otro. Y será mejor que me ayudes... no puedo ponerme la corbata.

Estaba nervioso, pensó Millie. Y también lo estaba ella. Y no sólo por cenar con su familia.

A unos centímetros de él, mientras le hacía el nudo de la corbata, podía sentir su cuerpo rígido de tensión. Levander miraba fijamente hacia delante y estaba tan cerca que era imposible no respirar su aroma, no fijarse en el rostro afeitado, en su ancho cuello. Imposible no pensar en la última vez que estuvieron tan cerca.

¿Qué le hacía aquel hombre?

Le temblaban las manos como si tuviera el síndrome de abstinencia, su cuerpo deseando una nueva dosis. Millie se concentró en el anillo para no mirarlo, pero un diamante era una pobre distracción cuando estaba en la mano que tocaba a Levander Kolovsky.

—Así está mejor —tuvo que aclararse la garganta para decirlo—. ¿Nos vamos?

—Tenemos que esperar a Katina, la jefa de Relaciones Públicas de Kolovsky para que nos informe.

—¿Para que nos informe de qué? Vamos a cenar con tu familia... ¿qué va a contarnos?

—Espero que no sea nada peor que lo que he leído en el periódico. A menos que descubra mañana que has hablado con otra persona. Quizá te aburriste en el avión y...

—Janey era mi amiga, yo confiaba en ella.

—¿Y quién tiene que solucionar este lío ahora? Millie, no sé si eres tonta o te lo haces.

Millie empezó a verlo todo rojo.

–Serás bastardo...

–Correcto. Soy un bastardo. Crecí como un bastardo. Y si piensas por un segundo que permitiré que mi hijo corra la misma suerte, te equivocas. Estoy cansado de esperar a Katina, vámonos.

Levander tuvo la cara de ofrecerle su mano para salir de la suite, pero ella negó con la cabeza, apretando los puños. Pero mientras iba a su lado en el ascensor, mientras recordaba su primer encuentro allí, el amor y la emoción que había sentido...

No podía soportarlo, no podía seguir ocultándole la verdad.

–Lo que has dicho antes... –empezó a decir Millie–. No se me olvidó.

–Déjalo.

–No se me olvidó tomar la píldora. Es que no la tomaba.

–¿Estás diciendo que Nina tiene razón? ¿Que sabías lo que estabas haciendo?

El ascensor se detuvo en la planta doce y Millie no pudo contestar mientras le hacían sitio a una elegante pareja de ancianos. Iban de la mano y el evidente amor que sentían el uno por el otro era un amargo contraste con la actitud entre Levander y ella. Cuando por fin llegaron al vestíbulo fueron saludados por una chica bajita que se presentó como la jefa de Relaciones Públicas de Kolovsky.

–Tenías que esperarme arriba, Levander.

–Llegabas tarde –le recordó él.

–Nina ha tardado más de lo que esperaba. Muy

bien, nada de entrevistas, nada de comentarios aunque os provoquen. Y, sobre todo, que se vea el anillo. Los fotógrafos están casi todos ya en el restaurante, pero seguro que habrá alguno fuera, así que sugiero que empecéis a sonreír. Yo me encargaré de contestar a las preguntas. Y Millie... al menos intenta fingir que lo has echado de menos y estás contenta de verlo. El restaurante está aquí al lado, pero prefiero que vayáis en coche. Cuando lleguéis allí, asegúrate de que le das la mano, Levander. La derecha.

Poquita cosa, pero conocía bien su trabajo, pensó Millie.

Levander le dio la mano con tal fuerza que casi le hacía daño. Pero, a pesar de su insistencia en ir a esa cena, era él quien estaba saltándose las reglas, llevándola al coche muy serio, sin molestarse en sonreír para las cámaras.

–Tú sabías... –empezó a decir cuando estuvieron en el interior–. No tomaste la píldora a propósito.

–Yo no...

–Bueno, pues disfruta de la charada que has creado. Desde luego, te lo has trabajado mucho para llegar hasta aquí.

–¿Por qué insistes en pensar lo peor de mí? –replicó ella, airada–. La cuestión es que yo no tomaba la píldora y, al contrario que tus sofisticadas amigas, no suelo llevar preservativos en el bolso por si acaso un ruso de metro noventa decide quitarme la virginidad.

–¿Qué? ¿Me estás diciendo...?

Habían llegado al restaurante y, en cuanto el portero les abrió la puerta, se vieron cegados por los fogonazos de las cámaras. Levander parecía a punto de soltar una palabrota y cerrar la puerta para seguir hablando, pero Millie no tenía esa intención.

–Eso es exactamente lo que estoy diciendo –afirmó, antes de salir del coche–. Así que dime, Levander, ¿cuál es tu excusa?

Capítulo 7

MILLIE!
—¡Levander!
—¡Mira hacia aquí, Millie!

Cuando salieron del coche los fotógrafos empezaron a llamarlos de todas direcciones y, a pesar de la discusión, a pesar de la rabia que ambos sentían, Millie se agarró a su mano porque, de no hacerlo, habría salido corriendo. Aunque con Katina contestando por ellos, el horror de la prensa era el menor de los males... cuando la familia de Levander estaba al otro lado de la puerta, furiosos con ella por haberlos metido en aquel lío.

Los gritos de los paparazzi apenas hacían que Levander parpadease; era la revelación de Millie lo que hacía que viese lucecitas. Su primer instinto era apartarla de aquella gente, decirle que estaba mintiendo, que la mujer con la que se había acostado esa noche sabía muy bien lo que hacía, que sabía cómo darle placer a un hombre... sabía darle placer a él.

No quería recordarlo. No quería recordar su tierna lengua explorándolo, sus ojos como joyas mirando hacia arriba, llenos de preguntas, buscando aprobación mientras él le suplicaba que siguiera.

Apenas oía las preguntas de los periodistas, recordando en cambio aquella deliciosa noche, sintiéndose culpable porque él sí había pensado en ponerse un preservativo.

Ésa era la verdad. Durante un segundo, antes de hacer el amor, había pensado alargar la mano para sacar un preservativo del cajón de la mesilla... pero decidió no hacerlo.

Decidió, aunque no fuese de una forma racional, sentirla del todo. Se había dejado llevar por el deseo, loco por la pasión que sólo ella le hacía sentir.

—¿Tenéis algo que decir sobre las insinuaciones de que Millie había pensado terminar con el embarazo?

Fue la única pregunta que lo detuvo, la pregunta que decidió no ignorar.

—No tengo nada que decir —contestó Levander, desobedeciendo las órdenes de Katina y mirando al paparazzi sin disimular su desprecio—. No tengo nada que decirles a ninguno de ustedes... salvo que me asquean.

Habría sido un alivio entrar en el restaurante si su familia no hubiera estado esperándolos.

Y, a pesar de los comentarios de Levander sobre las hermanas feas de Nina, cada una era más bella que la anterior. Pequeñas mujeres exquisitas, vestidas con sedas de vibrantes colores, que la recibieron con un beso en la mejilla. Aunque no había nada frágil en sus voces. A pesar de que no entendía ruso,

Millie sabía que estaban hablando de ella y agradeció que Levander la tomase del brazo para llevarla a la mesa, donde esperaba recuperar el aliento.

–Te presento a mi padre.

Millie miró al hombre. Ni el mejor sastre del mundo podría haber disimulado un cuerpo esquelético. El pelo blanco echado hacia atrás revelaba un rostro que parecía una calavera. Aquel hombre estaba muriéndose.

–Mi hijo ha heredado mi buen gusto con las mujeres –el hombre levantó su copa y Millie, sin saber qué hacer, miró a Levander. Pero él no le ofrecía consejo alguno. Como ópalos encendidos, vio cómo sus ojos se volvían negros.

–Si eso es lo que voy a heredar de ti, te pido que me borres del testamento –dijo con frialdad–. No quiero tratar a las mujeres como lo has hecho tú.

–Levander... –lo regañó ella. El odio con el que se dirigía a alguien tan enfermo era intolerable.

–¿Por qué te quejas? Te lo he dado todo: coches, yates, dinero.

–He trabajado mucho para ganarme todo eso –replicó él–. Contigo o sin ti lo habría conseguido, *vrubatsa*.

–Eso lo sé. Pero viva o no para verlo, algún día me darás las gracias por las oportunidades que te he dado. Sin mí, no serías nada.

–Sin ti... –Levander miró alrededor y Millie se dio cuenta de que todo el mundo estaba pendiente de la conversación–. Sin ti es como he vivido toda mi vida. No me pidas que llore por ti. Prefiero llorar por mi madre.

—Levander... —intervino su hermanastra—. Papá está enfermo, pero ha venido esta noche por ti. ¿Qué te pasa? Primero gritas a mamá esta mañana y ahora esto...

¿Qué le pasaba? Él nunca hablaba del pasado con su familia, nunca dejaba que lo afectaran tanto como para eso. Pero Annika estaba en lo cierto. Era la segunda vez en un día que saltaba ante la mínima provocación. Normalmente, se enorgullecía de la máscara encantadora y distante que presentaba ante todo el mundo, pero aquel día sus emociones estaban a flor de piel.

¿Qué estaba haciendo?

Aquella noche tenía que apoyar a Millie, tenía que convencerla para que se casara con él antes de que descubriese su oscuro pasado. Pero allí estaba, presionando para que su familia revelase la verdad que ninguno de ellos quería reconocer.

Su verdad.

—Déjalo, Annika —fue Nina quien interrumpió la discusión—. Éste no es el sitio adecuado.

Cuando el camarero se acercó y puso una suntuosa bandeja de pescados frente a ellos, los insultos se convirtieron en amable charla, como si no hubiera pasado nada.

—Bueno, ¿cuándo es la boda? —preguntó Nina.

—Estamos aquí, Nina —dijo Levander—. Eso es más que suficiente.

—Por ahora. Has sido tú quien le ha dicho a la

prensa que vais a casaros, así que supongo que habrás elegido una fecha. Nosotros nos vamos a Milán dentro de dos semanas y luego a París. Tu padre necesita un poco de sol, así que nos quedaremos en Europa para disfrutar del verano...

—No necesito que me leas tu agenda, Nina —la interrumpió Levander.

—Cuanto antes mejor —insistió ella—. Si quieres que pueda ponerse un vestido de novia, será mejor que busques una fecha lo antes posible.

El vestido.

Millie estuvo a punto de soltar una carcajada, pero no lo hizo. Los Kolovsky no entenderían su sentido del humor. Pero imaginaba un precioso vestido de novia colgando en alguna parte, preparado para una mujer que tuviese cintura...

—La boda es cosa nuestra —insistió él, cortante.

La cena continuó en el mismo tono, algo que para Millie era más que desagradable. Era como si ella no estuviese allí.

La charada para las cámaras era mucho mejor que aquello. Le parecía horrible estar sentada allí mientras la familia Kolovsky discutía su relación, como si fueran ellos los que tuvieran que decidir. Y le quemaban las mejillas de rabia y vergüenza cuando Nina empezó a hablar en ruso, evidentemente sobre ella.

—Millie no habla ruso —le recordó Levander—. Así que no hablaremos en ruso mientras ella esté presente.

—Puede que no quiera oír lo que estamos diciendo —sugirió una de las hermanas de Nina.

–Más razón para que permanezcáis calladas.

Fue horrible, la peor cena de su vida. Aunque se había marchado de Londres sólo dos días antes, Millie echaba de menos a su familia. Y lo peor de todo era que Levander parecía acostumbrado a aquello.

Cuando el camarero se acercó para preguntar si querían café, Millie hizo un esfuerzo para hablar con la reticente Annika.

–¿Eres diseñadora? Levander me ha contado que diseñas joyas.

–Joyas y ropa –contestó la joven, mirando a su madre.

Levander vio a Millie intentando entablar conversación y cómo se lo impedían, igual que habían hecho con él. Los vio esconderse en sus armaduras de diamantes cuando una pregunta exigía una respuesta.

–¿Y qué te gusta más? –insistió Millie.

–Las dos cosas.

–Ah, ya. ¿Naciste aquí, en Australia?

–Sí.

–¿Y has vuelto a Rusia alguna vez? ¿A Detsky Dom? –preguntó Millie, recordando lo que Levander le había contado la primera noche.

Si se hubiera puesto a bailar desnuda sobre la mesa la reacción no habría sido peor. Annika, nerviosa, tiró su copa de vino, Nina la miró con la boca abierta e Ivan se puso a toser. Pero lo más curioso de todo fue que, cuando se volvió hacia Levander para pedir su ayuda, él soltó una carcajada.

–Lo siento. ¿Qué he dicho?

–No lo sientas –contestó él cuando pudo dejar de reír–. Verás, Annika es demasiado buena para Detsky Dom... ¿verdad, Nina? Bueno, nosotros nos vamos.

–Es demasiado pronto –protestó su madrastra.

–¿Por qué? Mañana saldrán nuestras fotografías en los periódicos, eso era lo que queríamos.

El coche estaba esperándolos en la puerta y, unos minutos después, estaban de vuelta en la suite.

–¿Qué he dicho? –insistió Millie–. No entiendo nada...

–Nunca entenderás nada con mi familia.

–Han sido tan groseros conmigo. Pero cuando entré en el restaurante me dieron besos...

–Porque había gente mirando. Lo que has visto ha sido un montaje de primera clase, estilo Kolovsky. Lo único que les importa es su reputación y cómo los vean los demás. La verdad no les importa en absoluto.

–Tú también has sido grosero –le recordó Millie entonces–. Desde que llegamos al restaurante lo único que hiciste fue insultarlos. ¿Por qué? ¿Por qué odias a tu padre, porque abandonó a tu madre?

–Déjalo estar, Millie.

–Y Nina... no sólo no te cae bien, la desprecias. La desprecias profundamente.

¿Cómo podía hacer la única pregunta que él no podía contestar? Podía lidiar con un consejo de administración cargado de complicadas preguntas, lidiar con su familia... pero con Millie lo que más deseaba era confiarle sus secretos, darle las repuestas que buscaba. Levander tuvo que apretar los puños, tan tentado se sentía de compartir su verdad con ella.

Pero, ¿cómo iba a hacerlo?

—Es complicado —dijo por fin—. Es una cuestión familiar. La historia de mi padre tanto como la mía.

—Bueno, pero yo voy a tener a su nieto. Está muy enfermo, ¿verdad?

—Se está muriendo.

—¿Tu padre se está muriendo y tú le hablas así?

—He dicho que vamos a dejarlo, Millie.

—Pero yo quería marcharme. Habría dado cualquier cosa por marcharme de allí. Has sido tú quien me ha llevado a ese campo de minas. Quiero saber...

—*Men'she znayesh' –krepche spish!* —gritó Levander entonces.

Su voz era tan ronca, tan furiosa, tan llena de dolor...

—Tienes que irte a la cama.

—Se te da muy bien decirme lo que tengo que hacer. Especialmente cuando hago una pregunta que no quieres contestar.

Millie lo asustaba. No la chica de metro sesenta que tenía que levantar la cabeza para mirarlo, sino la mujer que era, las preguntas que hacía. Y, sobre todo, los sentimientos que despertaba en él. Sentimientos peligrosos que lo confundían, que lo hacían pensar que estaba perdiendo la cabeza...

—Vete a la cama.

Furiosa, Millie entró en el cuarto de baño, se quitó el precioso vestido y lo dejó tirado en el suelo.

—¿Sabes una cosa? —le espetó después, envuelta

en un albornoz–. Los celos no te sientan bien, Levander.

–¿Cómo? No sabes de qué estás hablando.

–Sí lo sé. Estás celoso de ellos. Estás celoso porque, mientras tú has tenido que esforzarte en la vida, el resto de tu familia vivía de manera lujosa.

–¿Crees que estoy celoso? ¿Crees que es eso lo que me pasa? Entonces no me conoces en absoluto.

–Estoy intentando hacerlo –replicó ella–. Pero tú me silencias continuamente, enviándome a la cama, hablando en ruso, diciendo que esto no es cosa mía... ¿qué significa lo que has dicho?

–No recuerdo lo que he dicho.

–*Men'she znayesh*... algo así.

–Muy bien, es un proverbio ruso –Levander no la miraba mientras hablaba, más resignado que furioso–. Significa más o menos: cuanto menos sepas, mejor podrás dormir.

–¿Pero y si quiero saber?

Levander la miró un momento y después entró en su habitación sin decir una palabra.

Millie intentó recordar todo lo que había pasado esa noche, las miradas de su familia, la reacción de Annika, la extraña relación con su padre y sus carcajadas cuando preguntó por su lugar de nacimiento...

Entonces se dio cuenta de que, en su búsqueda de respuestas, se había perdido una pregunta. Nunca le había preguntado a Levander cómo o cuándo murió su madre.

Millie entró en su habitación, sin llamar. Lo vio

de pie, mirando por la ventana, más hermoso que un modelo de Bellas Artes, tan tenso, tan rígido, tan lleno de dolor que le entraron ganas de llorar.

—¿Cuántos años tenías?

Cuando Levander cerró los ojos supo que había entendido la pregunta.

—Tres.

—Entonces, cuando tu madre murió... ¿te crió tu familia?

—Para hacer eso tendrían que haberle quitado la comida de la boca a sus otros hijos. Tú no sabes lo que es ser pobre... pobre como las ratas.

—Detsky Dom no es un pueblo, ¿verdad? Cuando tu madre murió te llevaron a un orfanato.

—No.

Pro primera vez desde que había entrado en la habitación, Levander se volvió para mirarla. Sus ojos estaban fijos en ella, pero no parecían enfocarla. Su voz era lejana y, mientras lo escuchaba fue como si la metieran en un caldero de agua hirviendo, como si todo su cuerpo se llenara de ampollas, intentando entender el horror que había vivido.

—Antes de que mi madre muriese, cuando estaba demasiado enferma para cuidar de mí, me llevaron a un *dom rebyonka*, una inclusa. Y más tarde, cuando tenía cuatro años, fui a un *detsky dom*. Ése era el orfanato.

Millie no podía decir nada.

Tendría un millón de preguntas para más tarde, quizá, pero por el momento no podía decir una sola palabra...

–Y no, no estoy celoso. Acepto el pasado y las decisiones que se tomaron por mí. Y acepto lo que ellos no quieren aceptar.

–No lo entiendo.

–¿Cómo vas a entenderlo? Ahora que tu curiosidad ha sido satisfecha quizá es mejor que te vayas.

–¿Irme? –repitió Millie, poniendo una mano en su brazo–. ¿Por qué quieres que me vaya?

«Porque lo harás».

Levander no lo dijo. Pero cuando miró las lágrimas que él había provocado se odió a sí mismo por ensuciar lo que una vez había sido perfecto.

–Es mejor que te vayas a la cama.

Millie no quiso discutir. No era el momento de decirle que, pensara lo que pensara de ella, esa noche no debía estar solo.

–Lo siento –murmuró, de corazón–. Siento que tuvieras que pasar por todo eso.

Se había vuelto para ir a su cuarto, pero cambió de opinión y se puso de puntillas para darle un beso en la cara. Lo hizo sin la menor intención de provocar nada. El simple beso de buenas noches que le daría a un amigo que estuviera sufriendo.

Pero Levander no era un amigo.

Besarlo en la mejilla había sido su intención. Pero cuando sintió sus labios bajo los suyos, ese rápido beso de buenas noches duró más de lo debido. Era tan fácil besarlo, tan fácil cerrar los ojos y olvidar las atrocidades. Pero un segundo después Levander puso las manos sobre sus hombros.

–Esta vez, cuando sugiera que te vayas a la cama, espero que entiendas que no estoy enfadado.

–Lo entiendo. Pero si quieres que me quede, me quedaré.

No quería dormir sola, no quería llorar por su pasado. Lo deseaba ahora... quizá para escapar de aquel horror. Y Levander tenía que hacer un esfuerzo para apartarla mientras su cuerpo le pedía lo contrario.

Sería imposible caminar sobre un par de piernas que parecían hechas de gelatina, pero lo conseguiría, pensó Millie. La puerta de su cuarto era un borrón en la distancia, la tensión en el de Levander tan espesa que necesitaría un machete para salir de allí... pero si le decía que se fuera, se iría.

No lo hizo.

No dijo nada en absoluto. En lugar de eso, aplastó su boca en un beso fiero y desesperado que la dejó sin aliento. Un beso que dolía por su intensidad. Su piel dura, su lengua, sus brazos aplastándola contra él...

Cuando el albornoz se deslizó por sus hombros, se agarró a la camisa de Levander, abriéndola para poder estrechar su pecho contra la piel desnuda, sintiendo la dura erección bajo los pantalones, el metal de la cremallera clavándose en su pelvis.

–Todo el día, desde que te he visto... –Levander hablaba entre beso y beso, cada palabra refutando su anterior desprecio–. No podía dejar de pensar en esto.

Estaba tan duro.

Con dedos temblorosos, Millie bajó la cremallera de su pantalón. Quería esperar un momento, pero Levander la tomó en brazos y ella enredó las piernas en su cintura. Mordió sus hombros mientras la penetraba, dejando escapar un gemido de placer. Él guiaba su trasero en un ritmo delicioso, empujando hasta que Millie encontró el suyo. Y era mucho más que sexo porque si alguna vez habían necesitado consuelo era esa noche.

–No voy a poder aguantar...

Su disculpa llegó un segundo demasiado tarde. Millie iba a ser la primera en acabar. Sentía un calor tan intenso, tan inesperado que la sorprendió. Levander estaba mirándola, diciéndole con los ojos que todo estaba bien.

Con un grito de terror y placer a la vez, Millie se dejó ir... le entregó la última pieza que quedaba de su corazón.

Capítulo 8

SI MILLIE había pensado que aquella revelación, el sexo fabuloso o el hecho de que Levander y ella durmieran juntos los acercaba, se había equivocado.

Era como si nunca la hubiera tocado, como si nunca le hubiese contado nada. El tema de su pasado, de nuevo, era intocable. Imposible y totalmente inalcanzable, se levantaba de madrugada para ir a correr y luego se iba a trabajar. En lugar de hablar, en lugar de pasar el día juntos, Millie tuvo que acudir a incontables cenas de negocios seguidas de interminables y aburridas fiestas.

Sin embargo, dormía a su lado y, a veces, durante el sueño él la buscaba. Pero despierto no la tocaba nunca y, noche tras noche, Millie soportaba su deseo insatisfecho, mirando al hombre que decía querer casarse con ella y que, sin embargo, no parecía sentir nada por ella.

—A mí me gusta éste.

Al final de la semana, cuando Katina les dio a cada uno un ejemplar del mismo periódico, Millie hizo una mueca al leer el titular que había llegado a

los quioscos durante su segundo día en Melbourne:
Desde Londres con amor.

–De hecho, todos los artículos han sido favorables. Pero he echado un vistazo a las revistas que van a salir la semana que viene y me temo, Levander, que tú no has ayudado mucho. Mira, lee el segundo párrafo –dijo Katina, dándole la copia de un artículo.

–Léelo tú –dijo él, desinteresado.

La jefa de Relaciones Públicas empezó a leer:

–«Kolovsky parecía estar a la defensiva, apartando a su prometida de los fotógrafos y deseando entrar en el restaurante para compartir aquel momento con su familia».

–Estupendo –dijo él, irónico.

–Lo habéis hecho muy bien –los felicitó Katina–. Y, además, todo esto ha conseguido que la prensa deje de prestar atención a la enfermedad de tu padre. Yo diría que están deseando descubrir la fecha de la boda... ¿cuándo les digo que tendrá lugar?

–Cuando lo decidamos –contestó Levander– tú serás la primera en saberlo.

–¿Y bien? –Katina apenas había salido de la habitación cuando Levander le hizo esa pregunta.

–Ah, qué romántico. Ya te dije que no pensaba dejar que me convencieses para hacer nada –suspiró Millie, pasándose una mano por la frente–. Mira, tengo que ir a la galería. Anton ha organizado una velada artística y después de eso... después de eso creo que debería volver a Londres. Tengo que hablar con mi familia.

Levander no dijo nada, pero la miraba con frialdad.

—Tengo que ir a casa para decidir lo que voy a hacer.

—Tú sabes lo que deberías hacer.

—Sí, claro, un matrimonio sin amor...

—Eso no significa que fuese un mal matrimonio.

—Pero si no hablamos...

—Estamos hablando ahora.

—No me dices lo que sientes.

—¿Y por qué iba a hacerlo? ¿Por qué iba a contarte nada?

—Para que podamos entendernos. Para saber... —Millie sabía que iba a hacer la única pregunta cuya respuesta no iba a gustarle—. ¿Crees que podrías amarme alguna vez?

—Dios mío... —Levander puso los ojos en blanco, como si fuera una cría que lo aburría con tontas preguntas—. Siempre esa pregunta... Levander, ¿por qué no me quieres? Levander, ¿por qué no puedes decirme que me amas? Podría decirte que te quiero. Pero no voy a hacerlo porque sería mentira.

Millie tragó saliva.

—Muy bien, lo entiendo.

—No creo que lo entiendas, así que permíteme que lo deje bien claro: no eres ninguna prisionera, tu pasaporte está en la caja fuerte y sabes cuál es la combinación. Márchate, vuelve a Inglaterra, la decisión es tuya.

–Tengo que pensar. No estoy diciendo que no a esta boda...

Iba a marcharse. Era lo único que Levander podía oír, lo que lo consumía. Llevaba toda la semana esperando, sabiendo que después de conocer la verdad sobre su vida, eso era lo que iba a pasar. Iba a llevarse a su hijo y, tan seguro como que la noche sigue al día, Levander sabía que no iba a volver. En cuanto llegase a casa, su familia la reclamaría, hablaría con ella, la convencerían de que no lo necesitaba.

Iba a marcharse y él removería cielo y tierra para evitar que se fuera. No la merecía, pero no podía dejarla ir.

–Intentas alejarme del niño –le dijo–. Te advertí que sería así.

De nuevo, lo marcado de su acento delataba su angustia. Sus ojos eran tan negros como la noche más oscura.

–Levander...

–Fue tu vergüenza la que apareció publicada en el periódico, tú hablando de terminar con el embarazo...

–Estaba hablando con una amiga, hablándole de mi angustia, de las preguntas que me hacía a mí misma –lo interrumpió ella, indignada.

Pero Levander, cegado, siguió como si no la hubiera oído.

–Y eres tú quien pretende dejar a ese niño sin un hogar estable. Le niegas a mi hijo la oportunidad de conocer a su padre. Pero ya veremos hasta dónde llegas.

—¿Qué quieres decir?

—Me explicaré mejor: eres una artista del tres al cuarto que, cuando nos conocimos, no había vendido un solo cuadro...

—¡Será posible...!

—Pero ser un Kolovsky tiene ciertas ventajas: el dinero. Y si tengo que trabajar con mi familia para siempre lo haré. Si tengo que gastarme hasta el último céntimo para que mi hijo crezca junto a su padre, lo haré.

Millie tragó saliva. Su comportamiento, sus demandas eran tan poco razonables que resultaba difícil hablar con él. No podía decirlo en serio.

Si volvía a Inglaterra, los periódicos hablarían de ella y tendría que contratar a un abogado para demandarlos... pero ¿cómo iba a quedarse con Levander después de que la hubiera amenazado?

—Nos iremos juntos.

De repente, su furia desapareció, reemplazada por una urgencia que le daba el mismo miedo. Miedo por él. Por un momento le pareció ver al niño que había sido, el niño muerto de miedo cuya vida había sido destrozada tras la muerte de su madre.

—Ahora mismo. Iremos a algún sitio donde podamos hablar. Nos iremos esta misma tarde. Intentaré...

Sus ojos, dos agujeros negros llenos de emoción, la imploraban que lo escuchase mientras le ofrecía lo que ella creía imposible.

—Intentaré que me conozcas mejor, Millie.

Capítulo 9

YA CASI hemos llegado.

Apenas habían hablado durante todo el viaje, pero a Millie no le importaba. Mientras se dirigían hacia el norte, dejando atrás el frío, los dos estaban perdidos en sus pensamientos, los dos intentando imaginar qué los esperaba.

Lentamente, mientras el avión consumía los kilómetros, la tensión había empezado a evaporarse y, para cuando llegaron al aeropuerto del arrecife y tomaron un hidroavión que los llevaría hasta el final de su jornada, incluso habían conseguido intercambiar un par de palabras.

Millie apretó la cara contra la ventanilla del hidroavión. Estaba mirando el azul del agua, tan transparente que podía ver los peces que nadaban por debajo, y las islitas verdes que parecían un folleto de viajes exóticos.

–¿Estás bien?

–Sí, claro. Pero enfadada conmigo misma.

–¿Por qué?

–Debería haber venido aquí la primera vez. No puedo creer que me haya perdido todo esto.

–Aún no has visto nada –dijo Levander.

Y no estaba exagerando.

Una motora fue a recibirlos para llevarlos a la playa y, una vez allí, fue como entrar en el paraíso. El agua fresca lamía sus tobillos, las suaves olas del océano Pacífico anunciando la llegada del atardecer. Millie admiró la interminable playa de arena blanca, tan suave como el talco y tan invitadora como una cama, y más allá, hacia las cabañas de madera que se mezclaban con los árboles.

–¿Esta isla es de tu familia?

–Sí. Fue una de las mejores decisiones de mi padre –contestó él–. La compró por muy poco dinero y ahora...

–Es increíble.

–Yo suelo venir aquí para relajarme.

–Ya me imagino. Es una maravilla.

–Sí, lo es –asintió Levander, tomándola del brazo para llevarla hacia una de las cabañas.

Aunque estaba sencillamente amueblada, era preciosa, con enormes sofás blancos bajo un ventilador y muebles de madera clara. Todas las ventanas estaban abiertas y los últimos rayos del sol iluminaban el salón con un tono anaranjado. Incluso había fotografías familiares. Era un sitio mucho más acogedor que la suite del hotel donde vivía.

Millie se tomó su tiempo con las fotos, sonriendo al ver una de Levander cuando era más joven. Pero la sonrisa se heló en sus labios. Su infancia terrible nunca le había parecido más evidente que al ver a sus hermanastros riendo mientras él los miraba tan serio, tan enfadado...

–¿Ése eres tú? –le preguntó, mostrándole la fotografía en blanco y negro de un bebé.

–Es mi padre –contestó Levander–. No soy tan viejo como para haber llevado un vestidito de pequeño.

–Te pareces mucho a él –rió Millie.

Pero, de repente, empezó a experimentar un deseo maternal que la sorprendió. ¿Cómo sería su hijo? ¿Se parecería a Levander?

–Desde que me enteré que estabas embarazada he estado preguntándome si sería rubio o moreno...

–¿Qué te gustaría que fuera? Sé que da igual, pero si pudieras elegir... ¿qué te gustaría?

Levander arrugó el ceño.

–Lo pensaré y te lo diré más tarde.

Era una contestación muy extraña, pero Millie no dijo nada. Porque se había quedado boquiabierta al ver su cuadro, el cuadro que había desaparecido del escaparate de Anton.

–No deberías haberlo comprado. Los dos estábamos de acuerdo en que eso sería hacer trampa.

–No he hecho trampa. Se lo compré a la mujer que lo compró.

–Ah.

–Es una tratante de arte, Millie. Lo compró para venderlo. Tendrás que acostumbrarte a eso. La gente no siempre compra cuadros por razones sentimentales o porque les gusten.

–¿Y por qué lo compraste tú?

–Me interesó, supongo. La verdad es que nunca

he invertido en arte, pero quizá ahora empiece a interesarme.

–¿Estamos solos aquí? –preguntó Millie entonces–. Quiero decir, además de los empleados.

–Los empleados se marcharán pronto. Vienen dos veces al día cuando hay clientes, pero no duermen aquí.

–¿Viven en la isla?

–No –Levander se acercó a la ventana y señaló unas luces a lo lejos–. Es un hotel de cinco estrellas, a diez kilómetros de aquí. Los empleados son de allí.

–Así que no tendremos servicio de habitaciones –bromeó Millie. No podía creer que algún día pudiera acostumbrarse a la opulencia de los Kolovsky.

–Si quieres algo, seguro que se puede arreglar. Voy a decirles que estamos listos para cenar. ¿Quieres ducharte?

Aunque estaban en medio de ninguna parte, parecía que había que seguir observando las formalidades. Había un protocolo si cenabas con un Kolovsky.

–Sí, claro. No tardaré mucho.

Se había pasado toda la mañana gastando dinero. Harta de aceptar regalos de los Kolovsky, Millie se había llevado a un emocionado Anton de compras.

Aunque a él no le había hecho gracia saber que tendría que posponer su «velada artística», Millie se había gastado la mitad del dinero que había ganado en lo que esperaba que fuese un vestuario adecuado para unas vacaciones.

Cuando entró en el dormitorio, parpadeó al ver que no tendría que deshacer la maleta porque alguien se había encargado de hacerlo por ella. Sus nuevos vestidos estaban colgados en el armario, sus nuevos zapatos bien ordenados, el perfume, el maquillaje, incluso la plancha para alisarse el pelo, todo estaba colocado en su sitio.

El cuarto de baño era blanco, desde el suelo y las paredes de mármol hasta las toallas de rizado algodón. Aunque una de las paredes era un espejo, el espejo más grande que había visto en toda su vida. Era como entrar en el decorado de una película.

Le habría gustado llenar la bañera de espuma, pero le preocupaba que se le rizase el pelo, de modo que se puso un gorrito de plástico y se metió en la ducha. Después, se probó un vestido de seda de color azul, a juego con sus ojos, y se miró al espejo.

El embarazo estaba empezando a provocar cambios en su cuerpo. Sus pechos, que siempre habían sido más bien generosos, eran ahora como dos melocotones maduros. Los tiernos pezones se marcaban bajo el vestido y nada podría disimular la curva de su trasero.

Y, sin embargo... se sentía preciosa.

El redondo abultamiento de su estómago la tenía fascinada.

Poniendo una mano sobre el vestido, Millie cerró los ojos...

—¿Se mueve?

Ella se sobresaltó.

—El niño, quiero decir —sonrió Levander.

–Seguro que estaba moviéndose. En la ecografía no dejaba de hacerlo, pero creo que aún no puedo sentirlo. El ginecólogo me ha dicho que aún hay que esperar un par de semanas.

–¿No *crees* que puedas sentirlo? –repitió él.

–Bueno, a veces me parece sentir... como un aleteo, pero el ginecólogo dice que seguramente sólo es –Millie no terminó la frase. No le apetecía discutir su sistema digestivo con Levander. Aunque le gustaba que se mostrase interesado–. ¿Quieres tocarlo?

Bajo el maquillaje se había puesto colorada. El sexo estaba fuera de la cuestión hasta que hubieran solucionado aquello, pero...

–No vas a sentir nada todavía, pero...

–Me encantaría.

Levander pasó una mano por su abdomen, fascinado y un poco asustado. Tanto que Millie soltó una risita.

–Así no vas a sentir nada. Mira –Millie puso su mano entre el hueso púbico y el ombligo para que pudiera sentir el firme borde del útero y luego miró sus manos unidas. El brillo del diamante que llevaba en el dedo llamó su atención.

Era un diamante que no significaba nada y, sin embargo, le pareció bien que estuviera en su dedo. Y sabía por cómo la tocaba, por su concentración, que pasara lo que pasara el niño siempre tendría un padre.

–Me gustaría que nuestro hijo fuera feliz –Levander sonrió al ver su confusión–. Estaba pensando en lo que has preguntado antes y supongo que si nuestro hijo es feliz habremos hecho un buen trabajo.

Ella le había preguntado si le gustaría un niño o una niña, pero esa respuesta era la correcta. Tanto que se emocionó.

—Todos los productos son de aquí.

Un camarero estaba sirviéndoles un pescado local. Estaba hecho a la plancha, con limón y patatas caramelizadas que soltaban fragantes jugos.

—Tiene un aspecto estupendo.

Y sabía muy bien. En otras circunstancias habría cerrado los ojos para disfrutar de la cena. En otras circunstancias, quizá, los habría abierto para mirar a su compañero de mesa... pero no aquél.

Mientras el camarero desaparecía entre las sombras, Millie tuvo la oportunidad de mirarlo a gusto. La belleza de unas facciones impecables sólo podía ser destacada por la naturaleza y la luna en cuarto menguante, colgando como una linterna en el cielo, hacía su trabajo perfectamente. Allí, en la playa, de noche, Levander Kolovsky era el hombre más bello del mundo.

—¿Tienen que estar aquí?

—¿Quién? –preguntó él.

—Los empleados –contestó Millie en voz baja–. No me siento cómoda para hablar...

—No no están escuchando.

—¿Cómo que no? Yo he sido camarera, ¿recuerdas? Y mira cómo hemos terminado.

–Puedo decirles que se vayan si así estás más cómoda. Y si no te gusta el servicio, les diré que sean más discretos...

–No, no, el servicio es fabuloso. Pero es como si estuviéramos en un restaurante de Melbourne o en Londres. O en cualquier otra parte del globo.

–No te entiendo, Millie. Te digo que voy a llevarte a un sitio en el que vamos a estar solos y vuelves recién peinada y con un vestuario nuevo. Luego llegas aquí y empiezas a quejarte de que no hay servicio de habitaciones...

–Pero si era una broma –protestó ella.

–Te pones un vestido precioso para cenar, te maquillas... y ahora dices que todo el mundo está pendiente de nosotros.

Millie dejó caer los hombros. Aquel hombre era imposible.

–No sé cómo tengo que ser cuando estoy contigo –contestó, herida–. Sé que yo misma es la respuesta obvia, pero desde que te conocí... ya no sé cómo soy. Sólo esperaba que estuviéramos juntos. Y esperaba estar guapa.

Sin decir nada, Levander se levantó de la mesa y se dirigió al camarero hablando en voz baja.

–Se marchan. Y no te preocupes, hay suficientes provisiones en la cocina, así que no será un problema. Yo no tengo servicio cuando vengo aquí. Es que no sabía lo que querías.

–Muy bien –asintió Millie–. Pero podías haber esperado hasta que se llevaran los platos. ¡No, es una broma!

–Nos conocimos cuando tú servías mesas... y si supieras el efecto que ejerces sobre mí, sabrías lo contento que estoy de despedir al servicio.

Afortunadamente había oscurecido y Levander no podía ver que se había puesto colorada. Pero era un coqueteo peligroso y eso la preocupaba. Hasta que hubieran tomado una decisión, hasta que hubiesen aclarado las cosas, sería mejor olvidarse del sexo.

Cuando dejó de oír el ruido de la motora que se llevaba a los empleados, Millie sintió un escalofrío; no de emoción sino de nervios. Estaban aislados. Ahora sí estaban solos, sin distracciones, ni deberes, sin charlas, sin camareros que pudieran escuchar la conversación.

Estaba sola en una isla desierta con el hombre al que amaba... el mismo hombre que la había dicho con toda claridad que no la amaría nunca.

Capítulo 10

INCLUSO sin la molestia del servicio, aunque estaban literalmente en una isla desierta y el propósito del viaje era hablar, no podía ocurrir así, de repente.

A pesar de sus esfuerzos por relajarse, la primera mañana fue muy incómoda para Millie. Con un bikini rojo, pantalones cortos y sandalias, se chocaba con Levander en cada rincón de la cocina mientras hacía el desayuno. Intentaba apartar los ojos de él, que sólo llevaba una toalla atada a la cintura y estaba aún más guapo de lo normal, pero le resultaba imposible.

–¿Quieres una ensalada de fruta? –le preguntó.

–No –contestó él, tomando un trozo de melón–. Ya que estás tan vestida... ¿te importaría traer el periódico cuando vuelvas?

–¿El periódico? ¿Y dónde voy a comprar el periódico?

Enseguida se dio cuenta de que estaba bromeando.

–Voy a nadar un rato, ¿vienes?

–No –Levander estaba saliendo por la puerta que llevaba a la playa y cuando se quitó la toalla... ¡iba desnudo!

–Levander...

–Oh, perdón. Casi se me olvida que tengo que ponerme el bañador.

–Cerdo –murmuró Millie, mirando su estupendo trasero.

Sin su familia, sin la prensa, era como el hombre del que se había enamorado locamente esa primera noche... incluso mejor que aquel hombre. Pero seguía furiosa con él por su comportamiento en Melbourne. Furiosa con él por el juego al que estaba jugando. Y furiosa consigo misma por seguir deseándolo.

Sentada en la playa, Millie observaba a Levander nadando como un pez. Cuando se alejó un poco se quitó el pantalón y las sandalias, diciéndose a sí misma que era una bobada mostrarse tan tímida. Pero se sentía pálida y aburrida en comparación con aquel hombre que parecía un dios griego. Y Levander era definitivamente sexy cuando estaba mojado, pensó, observándolo tras sus gafas de sol mientras salía del agua y procedía a sacudirse como un perro mojado.

–El agua está estupenda.

–Me alegro.

–Deberías nadar un rato.

–No quiero estropearme el maquillaje –contestó Millie, aunque no llevaba maquillaje.

–Anoche estabas muy guapa, por cierto.

–Gracias por decírmelo *ahora*.

–He aprendido a pelear sucio –suspiró él entonces–. He tenido que hacerlo para sobrevivir, no sólo por mi familia, sino antes. Pero intentaré no volver a hacerlo –Levander se tumbó a su lado. No se molestó en ponerse una toalla, sencillamente se tumbó sobre la arena, como un salvaje–. Tú no peleas sucio, ¿verdad?

–Nunca he tenido que hacerlo.

–Yo pensaba que eras igual que ellos... como los otros. Pero ahora me doy cuenta de que no es así.

–¿Por qué tiene esto que ser una pelea, Levander? Los dos queremos lo mejor para nuestro hijo.

–¿Quieres una familia, Millie? Porque eso es lo que yo quiero.

Fue él quien rompió el imposible silencio que siguió a esa frase.

–¿Cómo se tomó la noticia tu familia?

–Se quedaron muy sorprendidos –suspiró ella–. Era lo último que esperaban. Siempre he sido tan...

–¿Cautelosa?

–No, más bien sabía lo que quería. Desde el instituto, pintar ha sido mi pasión. El único sueño que he tenido siempre es vivir de mi trabajo. Así que, al contrario que muchos padres, para los míos la posibilidad de que su hija volviera embarazada de Australia era... impensable.

–¿Cuándo se lo contaste?

–Hace un mes –Millie dejó escapar un largo suspiro–. Cuando volví de Australia, después de un par de semanas, reuní valor para ir al médico... ya sabes, para comprobar que no tenía nada...

–No hacía falta. También era la primera vez que yo lo hacía sin protección.

No estaba segura, pero casi podría jurar que Levander se había puesto colorado. Y ella también, recordando la mortificación que sintió allí sentada, esperando que le dieran el resultado de las pruebas.

–En fin, la única prueba que dio positiva fue la de embarazo. Al principio no sabía cómo decírselo a mis padres y cuando lo hice fue... –Millie tragó saliva–. En fin, no les conté que había sido cosa de una noche. Les hice creer que nos habíamos conocido antes, que había una relación entre nosotros.

–Y la había –dijo él. Quizá era lo más bonito que le había dicho–. ¿Qué más les contaste?

–Que... –Millie se puso colorada.

–Será mejor que me lo digas. Si voy a conocerlos, tengo que saberlo todo.

–Les dije que tu familia tenía una tienda al lado de la galería de Anton.

–¿Una tienda?

–Una tiendecita –sonrió Millie.

–¿Creen que soy el hijo de un tendero? No lo dirás en serio.

–Pues sí. Les dije que era una tienda de ropa. Pero, evidentemente, ahora saben la verdad.

–¿Por qué no se lo contaste desde el principio? Eso habría hecho que todo fuera más fácil.

–O más aterrador para ellos. Es su nieto, Levander. Sabiendo quién eres, lo poderosa que es tu familia... en fin, se habrían asustado por las mismas razones que yo.

–No quiero pelearme contigo, Millie.

–Pues no lo hagas –dijo ella–. Venga, vamos a jugar un rato.

–¿A jugar?

Evidentemente, no sabía de qué estaba hablando. Millie lo llevó al borde del agua y se quedaron allí un momento, disfrutando mientras las olas golpeaban tus tobillos.

Un playboy que no sabía jugar.

Pero que aprendía rápidamente.

Millie se había atrevido a bañarse en Brighton en el verano inglés, de modo que para ella el océano Pacífico era tan caliente como un caldo. Riendo, se lanzó al agua de cabeza y, cuando salió a la superficie, empezó a patear salvajemente.

Levander arrugó el ceño al verse empapado, pero enseguida se la devolvió. Jugaron como niños, él riendo mientras se hundía bajo el agua para agarrarla por los tobillos. Ella reía también... hasta que Levander encontró su boca y la besó con tal ardor que la cabeza empezó a darle vueltas. No por falta de oxígeno sino por la intensidad del beso.

–Esto lo hacemos bien...

–Sí, es verdad –Millie odiaba ser tan débil con él, tan poca cosa. Odiaba desearlo de tal manera.

–Y es mejor que pelearse –siguió Levander, mientras besaba su cuello. Su voz era una súplica–. Millie, no puedo hacer esto sin ti...

Sin decir nada más, la sacó del agua y la tumbó en la arena, en la orilla. Había sido absurdo no quitarse la parte superior del bikini porque ahora la tenía alrededor del cuello. Pero desapareció enseguida y Millie observó con una sonrisa cómo el agua se llevaba tres horas de compras.

Podía sentir la húmeda arena en la espalda, el frescor del agua en contraste con el calor del cuerpo de Levander. Manos que antes habían sido tentativas eran valientes ahora mientras le bajaba la braguita del bikini y se quitaba el bañador... y el océano se llevaba su segundo regalo. Su erección era más fuerte que el mar, su deseo tan poderoso como el deseo que Millie sentía por él.

Levander se movía, desafiando a las olas, cada golpe de agua un contraste con las embestidas de su cuerpo. Cada vez que intentaba buscar aire, él la llenaba más, negándole un segundo para respirar. Millie enredó las piernas en su cintura y Levander entró en ella de nuevo, haciendo lo que le había hecho en sueños muchas veces. Y, con el ritmo del mar, sintió un orgasmo tan intenso que pensó que iba a ahogarse.

Cuando estaban demasiado cansados para seguir, tan agotados que no podrían discutir y el sol empezaba a ponerse en el horizonte, Levander se lo contó.

Le habló del orfanato, de las habitaciones húmedas, de la soledad. Aunque a alguno de los empleados les importaban los niños, la realidad era que no había suficientes para atenderlos.

Ni ropa suficiente, ni suficiente comida para todos. Faltaban las necesidades más básicas, de modo que la atención, el afecto, brillaban por su ausencia.

Antes de revelarle nada dejó perfectamente claro que no quería su compasión. Pensaba que conociéndolo podía entenderlo y quizá así decidiría quedarse... y si eso era lo que hacía falta, se lo contaría todo.

–Ella limpiaba en casa de mi padre –dijo después, mirando al cielo, sin soltarla–. Cuando se quedó embarazada... bueno, tengo entendido que mi padre quiso mantenerla como amante, que le ofreció dinero para el niño. Pero eso no era suficiente para mi madre. Quería que se casaran o, al menos, que le fuera fiel... pero mi padre se negó. Ella era muy orgullosa, muy testaruda...

Millie sonrió.

–¿Qué?

–Me cae bien tu madre. Y, evidentemente, tú eres hijo suyo.

Levander arrugó el ceño, como si nunca se le hubiera ocurrido pensarlo.

–Así que, al final, fue ella quien lo dejó. Se quedó sola conmigo.

–¿Su familia no la ayudó?

–La familia no quiso volver a saber nada de mi madre. Pero eso no importó. Durante los tres primeros años estábamos bien. Hasta que... mi padre se casó con Nina, que estaba embarazada de gemelos. Ella imaginó que iban a marcharse de Rusia porque mi padre le dio mucho dinero de repente y fue a vernos varios días seguidos... aunque no le contó nada sobre sus planes. Entonces mi madre tenía mucha tos. Me acuerdo muy bien –siguió Levander, pensativo–. De repente, se puso muy enferma. Cuando me dejó en la inclusa, me dijo que él iría a verme.

–Y no lo encontraron...

–Ni siquiera estaban casados, aunque me registró con su apellido. Levander Ivanovich Kolovsky, que significa Levander, el hijo de Ivan. Pero, ¿quién iba a buscar? Sólo era un niño entre muchos niños. Y yo tuve suerte.

–¿Por qué?

–Porque al menos tuve a mi madre durante un tiempo. Otros niños no conocieron nunca a su madre –Levander cerró los ojos–. Yo había vivido una vida normal durante un tiempo. Sabía cómo comportarme, sabía leer y escribir porque ella me había enseñado. Sin eso, me habría vuelto loco.

–Como el niño que me dijiste... ése que gritaba cada vez que tenía que irse a la cama.

–Como ese niño –asintió él–. Pero yo era más fuerte gracias a mi madre. No es que esté siendo sentimental... yo sabía lo que era la normalidad. Éramos pobres, pero felices.

–¿Te acordabas mucho de ella?

–Mucho. Tuve mucho tiempo para pensar. La recordaba leyéndome cuentos, cantándome. Recordaba que una vez dije una palabrota y ella me dio un par de azotes –Levander sonrió–. La mayoría de los niños de allí nunca habían tenido nada de eso. Los abandonaron al nacer, eso era todo lo que sabían. Yo no lloraba ni gritaba. Creía que mi padre iría a buscarme algún día porque eso era lo último que me dijo mi madre. Aprendí a defenderme a mí mismo y estudié mucho. Conseguí la medalla de oro al mejor estudiante y me aceptaron en la Universidad de Moscú. Y luego mi padre me encontró.

—¿Había estado buscándote?

—Aparentemente, enviaba dinero todo los meses. Y cartas, pero yo nunca las vi. No sé si la familia de mi madre se quedó con el dinero, no lo sé. Pero al final me encontró.

—¿Y qué pasó?

—Causé muchos problemas cuando llegué a Australia. Iosef y Aleksi estaban furiosos con mi padre. Furiosos porque me había dejado atrás, porque no les había hablado de mí. Intentaban hacerse mis amigos, pero yo no podía confiar en nadie. No era fácil vivir conmigo. Estaba tan furioso con todos... con el mundo entero.

—¿Y ahora?

—Iosef se marchó para estudiar Medicina en cuanto tuvo edad. Aleksi está en Londres. Nunca hemos sido amigos. Nunca dejé que me conocieran —admitió Levander.

—¿Y Annika?

—Annika. La pobre sólo quiere que nos llevemos bien.

—¿Y eso podrá ser verdad algún día?

—No lo sé. Ésta es la primera vez que hablo de ello en voz alta.

Millie pensó en sus propios miedos, en sus propias dudas, intentando imaginar no haber podido compartirlas con nadie.

—Están tan avergonzados del pasado... pero es mi pasado. Si no pueden aceptarlo, no pueden aceptarme a mí. Los mejores trajes, los mejores coches, el dinero... eso es sólo un escaparate. Mi vida ha sido todo lo contrario y ellos no pueden enfrentarse con eso. Hasta hoy, mi padre y Nina viven aterrorizados de que se conozca el secreto, de que la gente los juzgue...

Y sería tan fácil juzgar, pensó Millie. Tan fácil odiar a un hombre que había dejado atrás a su hijo.

–Él dice que lo lamenta... –la voz de Levander se rompió–. Lamenta que haya sufrido y ahora está intentando compensarme.

–¿Y puede hacerlo?

–No lo sé.

Millie intentaba contener las lágrimas, disimular. Podía entender ahora por qué las palabras de Janey le habían dolido tanto. Que su propio hijo hubiera podido existir sin que él supiera nada...

–Durante mi estancia en el orfanato yo quería que mi padre fuera a buscarme. Soñaba con ello cada día. Quería que me viera y se sintiera orgulloso de mí. Y al final, sí, fue a buscarme. Conseguí lo que quería.

Pero era tan poco y tan tarde...

–¿Crees que algún día podrás perdonarlo?

–Eso es algo que tendré que decidir, supongo –asintió Levander–. Y dada su mala salud, será mejor que tome una decisión lo antes posible –añadió, suspirando–. ¿Casarte conmigo sería tan horrible, Millie? ¿No te das cuenta de lo importante que es para mí?

–Eso no nos mantendría juntos. Si no me quieres... un papel no va a cambiar nada.

—Lo cambiaría para mí.

Ésa no era la respuesta que ella esperaba. Aunque estuviese intentando ayudar, con cada palabra le hacía más daño.

—Yo cuidaría de ti. Te sería fiel... y si sigues teniendo dudas, te diré una cosa: no tenemos que amarnos para que esto funcione. Querremos a nuestro hijo y eso será suficiente.

Capítulo 11

LAS MALDIVAS, quizá –sugirió Katina, mostrándoles un folleto.
Levander apenas se fijó porque estaba mirando su reloj, deseando volver al trabajo.

–¿Alguna preferencia, Millie?

–No sé... –murmuró ella. No le gustaba nada estar de vuelta en Melbourne. Su bronceado estaba desapareciendo a la misma velocidad que sus esperanzas. Esperanzas que le habían hecho decir que sí a la boda.

De vuelta en el mundo real, de vuelta en el mundo donde había relojes y la gente tenía que cumplir un horario, no estaba tan segura de que fuera buena idea. No estaba tan segura de que el niño fuera suficiente.

–Tendremos que ir a Londres para ver a mi familia. Querrán conocerte.

–Me conocerán en la boda –dijo Levander. Pero al ver su cara de preocupación, arrugó el ceño–. No hay problema... yo pagaré los billetes.

–No es por eso –suspiró Millie, poniéndose colorada porque Katina estaba escuchando la conversación–. Austin no puede subir a un avión. Mis padres tienen problemas para meterlo en un coche... no, imposible.

–¿Quién es Austin? –preguntó Katina.

–El hermano de Millie.

–¿Y no le gusta viajar?

Cómo odiaba aquello. Cómo odiaba tener que dar explicaciones a extraños. Odiaba llevar dos días en Melbourne y estar ya en la segunda reunión.

Una reunión para organizar su boda.

Y ya no podía soñar que Levander la quisiera algún día. No había razones para creer que Levander Kolovsky deseara casarse con ella más que por el niño.

Y aunque el corazón le dijera que iba a casarse por las razones equivocadas, por otro lado... ella lo amaba. Lo amaba lo suficiente como para darle la seguridad que él deseaba para su hijo.

–¿Preferirías que nos casáramos en Londres?

–Sí, creo que sería lo mejor.

–Entonces nos casaremos aquí e iremos a Londres a pasar la luna de miel –sugirió Levander. Y aunque no era mala idea, aunque le había dado una alternativa, Millie sintió que la obligaba a hacer algo. Como si los Kolovsky se hubieran salido con la suya otra vez.

–No entiendo por qué tenemos que casarnos tan pronto.

–No es demasiado pronto. En Rusia, los noviazgos no son muy largos. Entre uno y tres meses de compromiso es más que suficiente. Y como tú ya estás embarazada de cinco meses... yo creo que lo mejor es que nos casemos cuanto antes. Así nos lo quitamos de encima.

«Nos lo quitamos de encima».

Lo decía como si hablase de una visita al dentista.

–La agenda de los Kolovsky está llena durante los próximos tres meses –intervino Katina, con cierta impaciencia–. Además, si lo dejamos para más tarde te costará mucho ponerte el vestido.

Otra cosa en la que no había pensado.

–¿Tienes algún catálogo? Para que pueda hacerme una idea...

–¿Hacerte una idea?

–Del tipo de vestido que quiero.

–Millie, vas a casarte con Levander Kolovsky. ¿Crees que vas a ponerte un vestido comprado por catálogo? Ya nos hemos encargado de eso. La propia Nina irá contigo para que te lo pruebes. Bueno, ¿por qué no habláis de la luna de miel y me lo decís mañana?

–¿Para probarme el vestido? ¿Qué vestido? –preguntó Millie en cuanto la Relaciones Públicas desapareció–. ¿Ya han elegido el vestido, sin contar conmigo?

–Seguramente habrán elegido cincuenta, pero lo elegirás tú, naturalmente. Y ahora, si no te importa, tengo que volver a trabajar.

Aunque estaba todo el día con los preparativos de la boda y las noches con Levander, según pasaban los días Millie se daba cuenta de que la idea de formar una familia con él era completamente absurda.

La ternura que habían encontrado en la isla parecía haberse evaporado en cuanto llegaron a Melbourne. Sólo volvía durante la noche, cuando la buscaba, pero se desintegraba por la mañana.

Millie estaba cada día más inquieta. Y cada vez que llamaba a su familia por teléfono para contarles cómo iban los preparativos, oír la voz de su madre le encogía el corazón. La ternura de su madre en contraste con la frialdad de Nina era más de lo que podía soportar.

—Estoy teniendo un ligero ataque de pánico —el día antes de la boda, Anton empezó a canturrear la *Marcha Nupcial* cuando Millie pasó por la galería—. Y quiero que seas completamente sincera conmigo. ¿Sería un imperdonable *faux pas* llevar un Kolovsky a la boda de un Kolovsky?

Millie soltó una carcajada.

—¿Me estás pidiendo consejo a mí?

—Lo sé —Anton se llevó las dos manos a la cara—. Oh, gracias, gracias, gracias por pedirme que sea tu padrino... va a ser el día más feliz de mi vida.

Al menos lo sería para uno de ellos, pensó Millie, echándose a llorar por enésima vez aquel día.

—Son los nervios —le aseguró Anton.

—Sí, supongo que sí.

Necesitaba hablar con alguien, contarle lo que estaba pasando... aunque después de lo que le había hecho Janey sería una temeridad. Pero cuando pensó que tendría que volver al hotel para que Nina le clavase alfileres aprovechando las pruebas del vestido, Millie decidió abrirle su corazón.

–No sé si puedo hacerlo, Anton.

–Son los nervios, cariño. Se te pasará, ya lo verás. ¿Sabes que eres la mujer más odiada de Australia?

Su intento de bromear no funcionó.

–¡Quiero ver a mi madre!

–Oh, pobrecita mía.

Anton la llevó al fondo de la galería y le hizo un chocolate caliente. Era lo más amable que nadie había hecho por ella desde que llegó a Melbourne.

–Sé que es horrible que tu familia no esté aquí, pero tienes amigos. Me tienes a mí. Yo estaba en el aeropuerto cuando volviste, acuérdate.

–Sí, es verdad. Pero no te vi.

–Leí el periódico y me fui corriendo al aeropuerto a buscarte. Pero no pude ni acercarme a ti. Cuéntame lo que te pasa, cariño.

–No sé si puedo...

–Sé que después de lo de Janey no confías en nadie –le dijo Anton, comprensivo–. Pero yo estoy de tu lado. Iré al hotel en cuanto cierre la galería y no me apartaré de ti hasta que te deje frente al altar... bueno, tengo que pasarme por la peluquería un momento antes de la boda, claro.

–No te preocupes, habrá varios peluqueros en mi suite –suspiró ella.

–No, Luigi no me perdonaría nunca. Pero yo apretaré tu mano hasta que lleguemos al altar. Cuando termine la boda, cuando todo el mundo se haya calmado, las cosas serán mucho más fáciles...

–Eso espero.

–La cuestión es... ¿estás enamorada de Levander?

Ésa era la única pregunta a la que podía contestar sinceramente.

–Sí, lo estoy.

–Bueno, pues entonces no pasa nada.

–¿Cómo está tu madre? –preguntó Levander, disimulando un bostezo.

–Llorosa –admitió Millie, mientras Nina y Sophia, la sastra, tiraban de un lado y otro del vestido de novia. Odiaba que todo aquello fuera tan frío, odiaba que Levander viera el vestido antes de la ceremonia–. Deseando estar aquí, conmigo.

–La verás muy pronto.

–Sí, lo sé –Millie miraba hacia delante, deseando que fueran las dos de la tarde del día siguiente, que todo hubiera acabado.

–Tengo que irme... –Levander miró su reloj.

–Muy bien.

–Iosef llegará dentro de nada y quiero ir a buscarlo al aeropuerto. Luego vamos a cenar con mi padre.

–Sí, claro.

–Perfecto –dijo Nina, dando un paso atrás para admirar el vestido.

Y era lógico. Era una creación de seda Kolovsky

color marfil que había sido prácticamente «esculpido» en el cuerpo de Millie, cada puntada, cada botón, convirtiéndola en la bella novia que debía ser.

–Ha quedado fabuloso –sonrió la sastra.

–Sophia vendrá mañana para ayudarte. Pero, por favor, no comas nada hasta la boda –Nina arrugó el ceño, pasando una mano por su abdomen–. Puedo darte el té de hierbas que usan las modelos... para perder líquidos.

Sin molestarse en responder, Millie se quitó el vestido y permaneció en silencio mientras Nina y Sophia salían de la habitación, llevándose el vestido como si fuera un recién nacido.

–No le hagas caso –dijo Levander

–Lo intento, te lo aseguro.

–Sé que no es fácil casarte sin tu familia. Pero no es como...

–No es como si fuera una boda de verdad, ¿es eso lo que ibas a decir?

–Claro que es una boda de verdad –replicó él.

–Esto debería ser un sueño hecho realidad: una boda fabulosa con un vestido de diseño, un hijo, el hombre de...

Millie no terminó la frase. Cómo le gustaría decirle la verdad, que estaba enamorada de él. Aunque sabía que iban a casarse porque estaba embarazada, le dolía en el alma saber que ésa era la única razón. Que si no fuera por el niño, Levander Kolovsky jamás habría considerado la idea de casarse con ella.

–En fin, supongo que estabas en lo cierto. Hay que tener cuidado con lo que uno desea.

–No te entiendo.

–Es un dicho: ten cuidado con lo que deseas porque podría hacerse realidad.

–¿Así es como te sientes? –preguntó Levander.

Su voz parecía llegar de muy lejos y la pregunta la confundió. Porque ella sabía cómo se sentía. Millie sabía que lo amaba y eso la estaba matando. Estar cerca de él y saber que nunca podría amarla... que aquel hombre distante, remoto y a veces increíblemente tierno nunca podría darle su corazón era más de lo que podía soportar.

–¿Te sientes atrapada?

Millie asintió con la cabeza, porque se sentía atrapada. No por la situación, sino por sus propios sentimientos.

–¡Vamos! –Nina acababa de entrar de nuevo en la habitación sin llamar–. Tenemos que ir al aeropuerto y Millie debería dormir un rato –por encima de su hombro, la madrastra de Levander le lanzó otro cuchillo–. Disfruta de tu última noche de libertad.

Capítulo 12

ANTON, por falta de parientes, hizo muy bien su papel de madre de la novia, mimándola y apartando a todo el mundo para que la dejasen respirar. Y había mucha gente a la que apartar: los peluqueros, la manicura, la sastra, el maquillador...

¡Artistas!

Millie necesitaba dos, por lo visto. Uno para la cara y otro que se concentraba exclusivamente en su escote... para disimular el bronceado que empezaba a perder.

Annika, su preciosa dama de honor y pronto cuñada, que se mostraba un poco más agradable con ella, intentó ayudar al verla tan nerviosa.

Por fin, cuando Anton había echado a todo el mundo y estaban los tres solos... se echó a llorar, como haría una madre.

–Estás divina.

–Gracias.

–Ahora voy a ir corriendo a Luigi's para que me haga algo en el pelo... y tú, cariño...

–Lo sé –dijo Millie–. Pero quizá debería llamarlos después de la boda.

–No –insistió Anton–. Querrán desearte suerte, así que tienes que llamarlos ahora. Para cuando hayas terminado, yo habré vuelto. Cuida de ella, Annika –le pidió, antes de salir de la suite.

–Quizá lo mejor sería esperar –sugirió Annika, sin embargo–. Para que no te estropees el maquillaje.

Millie apretó los labios. Parpadeaba para controlar las lágrimas, mirándose al espejo y diciéndose por enésima vez que todo iba a salir bien.

Iba a casarse con el hombre del que estaba enamorada.

Iba a casarse con el padre de su hijo.

Entonces, ¿por qué sentía como si fuera a la guillotina?

Echaba de menos a su familia, se dijo. Si sus padres estuvieran allí... aunque, en realidad, no era a sus padres a quien echaba de menos.

Sino a Levander.

O, más bien, el amor de Levander.

Jugando con el diamante que llevaba en el dedo, intentó recordar los pocos momentos de ternura... pero, por mucho que intentase convencerse a sí misma, sólo se casaban por el niño.

¿Sería eso suficiente?

–Tu familia debe sentirse orgullosa de ti –dijo Annika–. Lo creas o no, mi padre se siente orgulloso.

–¿Lo crea o no? –repitió Millie–. ¿Por qué no iba a sentirse orgulloso de Levander?

–Se siente orgulloso de mi hermano, sí. Yo hablaba de... en fin, de vosotros dos –Annika no sabía cómo terminar la frase–. Aunque quizá no eres tú la mujer que él habría elegido, todo ha salido bien. Papá ha logrado lo que quería y más.

–¿Cómo dices?

–Anoche se hizo oficial. Mi padre siempre había dicho que el imperio Kolovsky sería para el primero de sus hijos que le hiciera abuelo. Y todos sabíamos que quería que esa persona fuera Levander... el hijo al que siempre ha querido hacer feliz. Levander ha sido el motor de esta empresa durante los últimos años y mi padre no quiere que se marche.

–Ya, claro.

–La noche que os conocisteis, cuando yo le rogaba a Levander que hiciera realidad el deseo de mi padre, él me dijo que no pero... ¿quién sabe cómo funciona la mente de mi hermano?

Ella no, desde luego. Millie se llevó una mano al abdomen, como para proteger la diminuta vida que podría no haber sido un accidente después de todo.

–Quizá incluso pueda conocer a su nieto... –seguía diciendo Annika–. Deberías hacerte una ecografía.

–Ya me la he hecho.

–No, una nueva. Para poder decirle a mi padre que es un niño... –en ese momento sonó su móvil–. Espera un momento, es Levander. ¿Qué querrá?

Hacer feliz a su padre, pensó Millie.

La decisión más difícil de su vida, de repente, le parecía sencillísima.

Casi podía aceptar que se casara con ella por el

niño, por su sentido del deber, pero pensar que Levander podría haber manipulado todo aquello para complacer a su padre o, peor, para heredar el imperio Kolovsky la llenó de horror.

–Vuelvo enseguida –estaba diciendo Annika, nerviosa–. Todo está bien... tú tranquila.

Cuando salió de la habitación Millie oyó gritos. Otra discusión entre los Kolovsky, una de tantas. En cuanto la puerta se cerró, se quitó el vestido y se puso unos pantalones vaqueros y unas zapatillas de deporte.

Como Levander le había dicho, aquello no era una prisión... Lo único que tenía que hacer era subir al ascensor, pulsar un botón y estaría en el vestíbulo. Todas las cámaras esperaban a una novia vestida de blanco, no a una chica en vaqueros.

Mientras paseaba por las calles, no miró atrás una sola vez. Intentaba calmarse, seguir caminando hasta llegar a la parada del autobús, sin saber dónde iba y sin que le importase.

–Final del trayecto, señorita.

Ni siquiera se había dado cuenta de que el autobús se había parado, tan perdida estaba en sus pensamientos. Intentaba imaginar la cara de Levander cuando descubriese que su flamante novia no iba a aparecer, el ataque de histeria de Anton cuando encontrase la suite vacía, la sorpresa de los invitados, los titulares, la reacción de sus padres...

Quizá debería haberse casado, pensó mientras

bajaba del autobús, helada de frío. El sol, cargado de promesas esa mañana, ahora estaba envuelto en nubes grises y un viento amargo soplaba sobre la bahía.

St. Kilda.

Donde había empezado aquella montaña rusa, la última parada en su primera cita. Pero el mundo era mucho más frío, más gris, sin tener a Levander a su lado.

Cuando llegó al café donde habían estado sentados fue como si se hubiera levantado el telón... y el escenario fuese otro. Había familias felices en las mesas, niños metiendo largas cucharas en sus helados... nada que ver con el ambiente de aquella noche.

Millie pidió un café y apretó las manos alrededor de la taza, preguntándose si algún día volvería a sentir calor, preguntándose cómo podía volver y enfrentarse con todos.

Y tendría que hacerlo.

Su pasaporte, su ropa...

¿Qué había hecho? Quizá debería haber hablado antes con Levander. Pero, ¿cómo iba a hacerlo?

¿Cómo iba a decirle que el hombre del que se había enamorado no era el hombre que quería complacer a su padre?

–Lo siento –una voz profunda y ronca interrumpió sus pensamientos–. ¿Puedo sentarme?

Millie, que no podía hablar, asintió con la cabeza. ¿Cómo la había encontrado?

–Lo siento... siento haberte avergonzado. Pero no

es tu vergüenza sino la mía. Yo se lo contaré a todo el mundo.

Millie arrugó el ceño. Aquella disculpa era completamente inesperada. Y totalmente incomprensible.

–No podía hacerlo, Levander. No podía. No podía casarme contigo sabiendo...

–¿Perdona?

–No quería salir corriendo. No lo había planeado, pero...

–¿Tú has salido corriendo? –Levander hizo una mueca–. ¿Tú me has dejado plantado?

–¿Por qué crees que estoy aquí, en vaqueros, cuando debería estar en la iglesia?

–Porque yo te he dejado plantada a ti –contestó Levander–. Porque media hora antes de la boda llamé a Annika y le dije que no podía hacerlo, que no podía obligarte a ser mi esposa...

–¿Tú me has dejado plantada? –repitió Millie–. ¿Me has dejado plantada en el altar?

–Bueno, por lo visto no. ¿Y puedo preguntar por qué? ¿Por qué has decidido no casarte conmigo? ¿Por qué has decidido que tu hijo y tú estaríais mejor sin mí?

–No lo sé –contestó Millie–. No lo sé, de verdad. Annika me dijo que esa noche, la noche que nos conocimos, te suplicaba que cumplieras el deseo de tu padre...

–Toda mi familia lleva años suplicándome que tenga un hijo –Levander se encogió de hombros–. ¿Por qué te sorprende eso? Nos oíste hablar esa noche...

–No, yo no oí nada.

–Millie, ni siquiera quiero quedarme en Melbourne. ¿Crees que haría algo por complacer a mi padre?

–No lo sé –admitió ella.

–¿Me creerías si te dijera que anoche hablé con él? Mi padre me ofreció...

–Sé que el hijo que antes le dé un nieto heredará el imperio Kolovsky.

–Pero yo decliné la oferta. Es una idea ridícula. ¿Cómo voy a heredar sólo yo si tengo dos hermanos y una hermana? Le dije que seguiría trabajando para él... pero sólo si podía hacerlo desde Londres.

–¿Londres? –Millie parpadeó–. ¿Pensabas mudarte a Londres?

–Sigo pensándolo –dijo él–. Esperaba que a ti te gustase la idea, pero ahora veo que eso no va a ser posible. De todas formas, quiero que sepas que estoy dispuesto a ser el mejor padre para mi hijo... y no puedo hacer eso desde Australia. Aunque no nos casemos, sé que me tratarás de manera justa. Confío en ti, Millie.

Y para alguien con un pasado como el suyo, la confianza era casi mejor que el amor. Aunque eso no ayudaba nada en aquel momento, claro. Pero más adelante, con el tiempo...

–Desperté esta mañana y me di cuenta de que confiaba en ti... que no hacía falta que nos casáramos por el niño. Sé que siempre pondrás el interés de nuestro hijo por encima de todo... y que no tengo que forzar mi presencia en tu vida.

–Porque ya estás en ella, Levander. Estemos casados o no, seamos amigos o no, siempre serás el padre del niño.

–Ahora lo sé –asintió él–. Sé que no me apartarás de mi hijo. No serás como...

–Mira, las cosas han cambiado mucho. Antes no era como ahora, que puedes tomar un avión y llegar a cualquier parte... tu padre debió pensar que estabas bien, cuidado por tu familia... –Millie lo miró a los ojos y en ellos vio una auténtica agonía–. ¿Tu padre lo sabía?

–No –contestó Levander–. Él no sabía nada.

–Pero ella sí. Nina lo sabía, ¿verdad?

–Déjalo, no quiero hablar de eso. Si mi padre descubriese algún día que Nina sabía dónde estaba... Annika, Iosef... no, no quiero que sepan qué clase de madre tienen.

Millie apretó su mano.

–Antes has dicho que confiabas en mí.

–Y así es.

–Pues cuéntamelo.

Levander tragó saliva.

–Lo que te conté en la playa... todo es verdad, salvo que... –estaba mirándola a los ojos. Iba a contarle la verdad, toda la verdad, no la verdad de los Kolovsky–. Un día antes de llevarme a la inclusa fuimos a ver a mi padre... pero él no estaba en casa. Nina abrió la puerta, embarazada. Mi madre le contó lo enferma que estaba... lo recuerdo porque fue entonces cuando me di cuenta de que iba a morir. Estaba tosiendo y llorando...

–Oh, Levander...

–A Nina le dio igual –siguió él–. Recuerdo que discutieron. Mi madre lloraba tanto que apenas podía respirar y entonces Nina nos echó de allí como si fuéramos unos vagabundos pidiendo dinero.

Algunas agonías eran demasiado terribles incluso para las lágrimas. La vida era tan insoportable a veces que ponerse a llorar casi sería un insulto. Millie habría querido gritar, furiosa, decírselo a Ivan. Pero sabía que eso no ayudaría nada a Levander.

–¿Ella lo sabe... sabe que tú te acuerdas?

–El día que descubrí que estabas embarazada se lo dije. Y ahora tiene que vivir con ese miedo. Todos tenemos que vivir con nuestros errores –suspiró Levander–. Anoche me dijiste que había que tener cuidado con lo que uno deseaba... cuando mi madre me llevó a la inclusa me dijo que no estaría allí mucho tiempo, que debía esperar, que mi padre iría a buscarme. No sé si intentó hablar con él de nuevo y no quiero saberlo. Pero cada noche yo miraba por la ventana y deseaba... deseaba con todas mis fuerzas que fuera a buscarme.

–Pobrecito... –Millie intentaba contener las lágrimas, pero escapaban de sus ojos sin que pudiera evitarlo.

–Más tarde me hice más listo y deseé dinero y mujeres guapas. Y lo conseguí todo. Comparado con esos pobres diablos que aún seguirán por ahí, yo no tengo nada de qué quejarme.

–¿Cómo que no? –exclamó Millie.

Entonces lo entendió, tanto como podía entenderlo alguien que no hubiera vivido ese horror. Desde que descubrió que estaba embarazada se preguntaba si sería una buena madre, si podría darle la infancia feliz que le habían dado a ella sus padres. Pero para Levander no había recuerdos felices, no había una base sobre la que construir. Todo lo contrario. Su llegada a Australia había roto la familia Kolovsky. Sus hermanastros se marcharon de Melbourne, furiosos con su padre, Ivan se sentía culpable, Nina tenía miedo...

—Yo quería que nos casáramos. Pensé que entonces tendría más derechos sobre el niño... sabía que si un juez tuviera que elegir entre tú y yo te elegiría a ti sin dudarlo un momento.

—No habrá ningún juez —dijo ella—. Además, nada de lo que te pasó es culpa tuya.

—Ahora lo sé —suspiró Levander.

Con lágrimas en los ojos, Millie intentó decir las palabras más valientes de su vida, decirle al hombre que acababa de plantarla en la iglesia, el hombre que había querido casarse con ella sólo porque iban a tener un hijo que, por muy mal que lo hubiera tratado la vida, ella lo amaba.

—Esa noche, cuando nos conocimos... no me acosté contigo porque fueras guapo o rico. Bueno, quizá que fueras tan guapo tuvo algo que ver —intentó sonreír, entre las lágrimas—. Tú eras la primera persona en la que confiaba, el primer hombre al que me entregaba de lleno. El embarazo fue un accidente, pero yo tenía los ojos abiertos. ¿Nunca se te ha ocurrido pensar que te quiero?

¿Cómo iba a pensarlo? ¿Por que?, pensó Millie cuando lo vio arrugar el ceño. ¿Cómo un hombre como Levander Kolovsky, que nunca había conocido el cariño de unos padres, podía creer en algo tan simple y tan complicado a la vez como el amor?

–La única razón por la que no quise casarme contigo es porque sabía que nunca podrías amarme.

–¿Me quieres? –murmuró Levander.

–Me temo que sí.

–¿Cómo? ¿Por qué? ¿Cómo puedes amarme cuando he sido tan horrible contigo?

–No lo sé. Supongo que intuía el hombre que eras, el que querías ocultar. Pero te quiero...

–Dime qué es eso del amor –dijo él entonces–. Dime qué se siente.

–Es horrible –Millie se cubrió la cara con las manos.

–¿Pero a veces es bueno?

–Sí, muchas veces.

–¿Y cuando quieres a una persona piensas en ella todo el tiempo?

–Todo el tiempo –asintió ella.

–¿Y sientes como si te estuvieras volviendo loco?

–Completamente.

–Ese amor... ¿te haría gastarte una fortuna en un cuadro porque tienes que tenerlo... tienes que tener algo de esa persona?

–¿Algo tangible? –sugirió Millie– ¿Algo que puedas tocar y que sea real?

–Sí, algo tangible –repitió Levander, pensativo–. Entonces, cuando quieres a alguien, ¿eres capaz de decirle adiós si crees que no te quiere?

Millie ya no estaba llorando. Acababa de hacer el descubrimiento de su vida: Levander no había podido decirle que la amaba porque no sabía lo que era el amor.

–¿Estás diciendo que me quieres?

–Sólo estoy comprobando...

Si fuera otra persona se habría sentido insultada, pero con Levander no era posible. No, Millie esperó mientras procesaba sus pensamientos, mientras asimilaba unos sentimientos totalmente nuevos para él.

–Te quiero –dijo por fin. Y aunque eso era lo que esperaba oír, no estaba preparada para el impacto de esas palabras–. Te quiero, Millie –repitió, mirándola a los ojos, con toda la sinceridad del mundo escrita en ellos.

–¿Por qué estamos sentados aquí? –dijo ella entonces–. ¿Por qué no nos vamos...? –había estado a punto de decir «a casa», pero la suite de Levander nunca había sido un hogar.

–Hay una iglesia esperándonos. Y un sacerdote.

–Todo el mundo se habrá ido...

–¡Perfecto!

–Pero yo voy en vaqueros –protestó Millie.

–Mejor aún –Levander se inclinó para besarla, un beso pequeño, pero tan lleno de amor, tan casto, tan tierno...

La amaba. Y eso era suficiente para todo.

–Llamaré a la iglesia –dijo, sacando el móvil del

bolsillo–. Cincuenta llamadas perdidas, horror. ¿Te puedes imaginar la cara de Nina?

–Pero necesitaremos testigos –dijo ella entonces–. Dos, me parece. ¿Por qué no se lo pides a tus hermanos?

–Mis hermanas... –Levander no terminó la frase. El amor estaba por todas partes, iluminándolo todo–. Bueno, eso ya da igual.

Llamó a sus hermanos... y lo vio reír mientras compartían su primer secreto, mientras les pedía que escaparan del drama que tenía lugar en la mansión de los Kolovsky para encontrarse con ellos en la iglesia.

–¿Qué han dicho?

–Que se sentirán muy orgullosos de ser mis testigos. Y espero que no te importe, pero tengo otro invitado...

–¿Quién?

–Anton –contestó Levander–. El pobre está hecho polvo –añadió, tomando su mano para llevarla a su nueva vida–. Ven, Millie, vamos a casarnos.

Epílogo

LA ÚNICA ventaja que tenía el pasado de Levander era que le encantaba ir de compras. Y había muchas cosas que comprar.

Una casa enorme a las afueras de Londres tenía que ser amueblada y decorada para llenarla de recuerdos, de niños y de amor.

–Ahora entiendo por qué lo hizo.

Estaban tumbados en la hierba, con Sashar dando pataditas en la manta entre los dos. Millie miraba cómo se oscurecía el cielo mientras acariciaba la cara de su marido. No habían entrado en la casa desde que volvió de trabajar. Aún con el traje de chaqueta, tumbado a su lado, bostezando perezosamente y totalmente relajado, Levander y Millie disfrutaban del atardecer con su hijo.

Sashar Levander Kolovsky.

Le había encantado buscar nombres rusos, aunque le costó trabajo tomar una decisión. Pero un par de días antes de que naciera, se le había ocurrido el nombre de Sashar.

–Significa recompensa –le había dicho Levander–. Aunque también quiere decir Dios recuerda...

Ambos nombres parecían irle perfectamente al niño que ahora estaba tumbado a su lado, la viva imagen de su padre.

Y del padre de su padre.

A veces Millie se sentía culpable por estar al otro lado del mundo cuando Ivan estaba tan enfermo, pensando que quizá si se hubieran quedado padre e hijo podrían por fin haber hecho las paces.

Pero Sashar les había llevado el regalo más sorprendente de todos: el perdón.

–Puedo entender que Nina pensó que no tenía elección...

A veces Levander hablaba de ello. No a menudo, sólo a veces, recordaba su infancia. Aunque no lloraba nunca, lloraba por dentro por todo lo que había visto y por todo lo que no había tenido.

–Tenía que pensar en sus hijos. Si se lo hubiera dicho a mi padre, si hubiera insistido en que me llevaran a Australia con ellos... en fin, quizá no habrían ido nunca –Levander miró a su hijo–. Creo que ahora puedo entenderlo.

–¿Y tu padre? –preguntó Millie, deseando poder entenderlo también.

–Cuando rechacé su oferta me dijo que era igual que mi madre, demasiado obstinado, demasiado terco. Pero estaba sonriendo mientras lo decía. Supongo que pensó que ella era tan dura, tan capaz, que... podría con todo. Él no sabía que yo estaba en un orfanato, esperando que fuese a buscarme.

–No podía saberlo, cariño.

–A veces iba alguna familia, siempre muy bien

vestidos, oliendo a perfume. Llevaban chocolatinas y regalos. Yo nunca recibí nada de eso... era demasiado mayor, demasiado problemático.

–¿Nunca te eligieron a ti?

–No –contestó su marido–. Yo quería que lo hicieran. Pero al final mi deseo se hizo realidad, tú volviste a buscarme.

Levander se inclinó para besarla y esta vez Millie lloró. Porque sí, Levander había conseguido hacer realidad su deseo, pero había tardado tantos años... Lloró no sólo por él sino por todos esos niños que estaban demasiado furiosos, demasiado asustados como para ser queridos.

–Podríamos volver...

–Quizá. Algún día, de vacaciones. Me gustaría que mi padre conociera a su nieto.

–No hablo de Australia –dijo Millie–. Me refería al orfanato.

–Yo no quiero volver. Nunca, en mi vida –replicó Levander.

Pero ella podía sentir su indecisión. Y podía intuir que lo había pensado más de una vez. Sabía que, a veces, revivía su infancia, pensando en los niños que nunca tuvieron suerte.

–Muy bien –asintió Millie–. Pero si algún día cambias de opinión...

–No es como ir a elegir una mascota.

–Ya lo sé.

–No lo entiendes, Millie. Con esos niños el daño ya está hecho. No son graciosos, no son simpáticos, no es fácil vivir con ellos.

–Lo sé, Levander. Tampoco es fácil vivir con mi hermano, pero sí es fácil quererlo. Y yo, como mis padres, nunca le daré la espalda.

–No, claro, ya lo sé –era una afirmación, una certeza. Cuando la miró a los ojos, supo sin lugar a dudas que su mujer sabía lo que estaba diciendo, que entendía completamente que no había milagros, que estaba preparada para aceptar lo que hiciera falta.

Y supo también que la tendría para siempre.

–¿Podríamos hacerlo?

–Un día –contestó Millie–. Cuando estemos preparados. Cuando tú estés preparado.

Y si el amor podía viajar, con toda seguridad estaba viajando ahora... en algún lado, una parte de sus corazones le pertenecía ya al niño más furioso, al menos amable, al menos fácil de todos. El deseo de un niño solitario, enviado hasta ellos a través del universo, había empezado a hacerse realidad...

Bianca™

**El destino había vuelto a reunirlos…
y el orgulloso español iba a encargarse
de que ella pagara por sus errores**

El millonario Raúl Már-
quez había deseado a Alannah Redfern desde el mismo
momento en que la había
visto. Esa combinación única
de pasión y pureza lo había
conquistado… y Raúl estaba
acostumbrado a conseguir
todo aquello que deseaba.

Dos años después de
que ella lo abandonara sin
darle la menor explicación,
Raúl estaba convencido de
que Alannah ya no era la
muchacha inocente de an-
tes. Hasta que una noche de
pasión le demostró lo contrario…

A merced de su amor

Kate Walker

Jazmín

Pura emoción
Patricia Thayer

Jack Sullivan era un guapo detective que jamás dejaba que nadie se acercara demasiado a él... Hasta que aceptó el caso Kingsley.

Willow Kingsley era una mujer impresionante que defendía a su familia con uñas y dientes, pero Jack era uno de los pocos hombres capaces de ver la ternura que ocultaba bajo su fría fachada.

Jack había llegado a Wandering Creek con la misión de investigar un caso, pero pronto se dio cuenta de que lo que deseaba era proteger a Willow...

¿Sería posible que se oyesen campanas de boda mientras él estaba en el pueblo?

Deseo™

La seducción del jefe

Maureen Child

El magnate Jefferson Lyon nunca
aceptaba un no por respuesta. Por
eso, cuando su fiel secretaria se hartó
de sus exigencias y dimitió, Jefferson
la siguió hasta el paraíso tropical
donde se había ido de vacaciones.
Pero para él aquel viaje no era de re-
lax, porque estaba dispuesto a convencerla de que volviera al trabajo…
a través de la seducción.
Sin embargo, su empleada estaba re-
sultando ser más testaruda y más
apasionada de lo que jamás habría
pensado el arrogante millonario.

**No habría descanso para él hasta que consiguiera
recuperarla**